成敗！黄金の大黒

椿平九郎 留守居秘録 2

早見 俊

時代小説

二見時代小説文庫

成敗！黄金《きん》の大黒
――椿平九郎 留守居秘録2

目次

第一章　駆け込み　7
第二章　真理を超える大黒　80
第三章　直《なお》し問答　144

第四章　黄金《きん》の大黒像　189
第五章　大黒成敗《せいばい》　237

第一章　駆け込み

一

「駆け込みだ！」

藩邸に甲走《かんばし》った声が轟《とどろ》いた。

愛宕《あたご》大名小路の一角に門を構える出羽横手《でわよこて》藩十万石、大内山城守盛義《おおうちやましろのかみもりよし》の上屋敷である。

大内家留守居役、椿平九郎清正《つばきへいくろうきよまさ》は浮足立《うきあしだ》つ家臣たちに落ち着くよう声をかけながら表門に向かった。

幕府や他家との折衝に当たる留守居役にしては異例に若い二十八歳、長身ではないが、引き締まった頑強な身体つきだ。ただ、面差しは身体とは反対に細面《ほそおもて》の男前、おまけに女が羨むような白い肌をしている。つきたての餅《もち》のようで、唇は紅《べに》を差したように赤い、ために役者に生まれたら女形《おんながた》で大成しそうだ、とは江戸詰めになって以来、家中《かちゅう》で噂されている。

表門脇の番小屋に駆け込んで来た侍がいた。

駆け込み——この時代、助けを求め駆け込まれた武士を武家屋敷は匿《かくま》うのが定法《じょうほう》とされている。駆け込まれた武家屋敷は追手に備え、門を閉ざす。

番士たちも承知しており、正門である長屋門も脇の潜《くぐ》り戸も閉めて外界と遮断していた。

それを確かめ、

「追手がやって来たら、駆け込みなどないと申せ、承知しなかったらわたしに連絡せよ」

平九郎は番士に命じ、番小屋に入ろうとした。そこへ、藩主盛義の馬廻り役、秋月《あきづき》慶五郎《けいごろう》がやって来た。誠実で実直、竹を割ったような人柄の若者だ。

「椿殿、駆け込みだそうですね」

秋月は興奮を抑えられない様子だ。

「はやってはなりませぬぞ。秋月殿は屋敷から外に出て、界隈《かいわい》に追手がいないか確かめてくだされ」

平九郎の頼みに秋月は快く応じた。

「御免」

外から声をかけてから平九郎は障子を開けた。

土間を隔て小上がりになった板敷に侍が腰を下ろしていた。地味な紺地木綿の小袖によれよれの袴《はかま》、髷《まげ》が乱れ、額や首筋から汗は滴《したた》り落ちている。肩で息をし、小袖の襟《えり》が汗で滲んでいた。

平九郎を見ると侍は立ち上がった。

が、直《すぐ》に顔を歪め、首を後ろに回した。背中を気にしているようだ。

「ご面倒をおかけ致します。拙者、柳田《やなぎだ》備前守《びぜんのかみ》さま家来、牛島庄次郎《うしじましょうじろう》と申します」

牛島はお辞儀をしたが苦痛の呻《うめ》きを漏らした。平九郎も名乗ってから牛島の背後に回った。肩から背中が斬り裂かれ、出血している。牛島は駆け込んだ事情を話そうとしたが、

「話は後ほど、承《うけたまわ》ります。まずは、怪我の手当を」

平九郎は牛島が歩けるのを確かめ、番小屋から御殿に移すべく外に出た。騒ぎを聞きつけて集まって来た者に医師の手配を頼んだ。

春が深まり、葉桜の時節となった文政《ぶんせい》四年（一八二一）弥生《やよい》十日の朝であった。

「さて、どうしたものかのう」

大内家江戸家老兼留守居役の矢代清蔵《やしろせいぞう》は独り言のように呟《つぶや》いた。

無表情ながら、駆け込んで来た男、牛島庄次郎の扱いについて思い悩んでいるようだ。

追手の姿は屋敷の外には見られない、と秋月慶五郎が報告した。息を切らし、額に汗を滲ませている。降って湧いた変事に秋月は興奮している。平九郎とて気が昂《たかぶ》っていた。

「駆け込んで来る者を囲うは、武家の定法《じょうほう》でございます」

平九郎は語調が強まってしまった。

対して、

「わかっておる」

いなすように矢代は素っ気《そけ》なく答えた。

顔には出していないが、そんなこと、おまえに言われたくないと不愉快に思っているだろう。

「御家老、困ることなどあるのでしょうか」

平九郎は問い返した。

普段から矢代は仏頂面《ぶっちょうづら》のため、深刻さが伝わってこない。のっぺらぼうの二つ名がそれを体現している。

「ならば、何を」

遠慮がちに平九郎が尋ねると、

「牛島という男、まこと、刃傷沙汰《にんじょうざた》に巻き込まれたのであろうか」

意外な疑いを矢代は口にした。

「それは……間違いないものと」

答えたものの、多少の不安はある。

背中を斬られているから、背後から襲撃されたには違いないのだろうが……。

「確かめた方がよかろう」

矢代は疑いを抱いているようだ。

どのような状況であったのか、詳細は不明だが、牛島が刃傷沙汰に及んだ、あるいは及ばれたのは確かだ。それなのに戸惑う矢代を平九郎は訝《いぶか》しんだ。

秋月が口を挟んだ。

「大名屋敷には時として、素性や事件を偽って駆け込む者がおります。路銀を求めたり、仕官を願う者もおるそうです。御家老は牛島殿が偽りの駆け込みであると、お疑いなのですね」

これを聞き、平九郎は矢代を見た。

矢代はそれには答えずに命じた。

「椿、とくと、吟味を致せ」

「承知しました」

平九郎は腰を上げた。

牛島のいる御殿奥の座敷に入った。

牛島は手当を終えていた。さらしが巻かれ、肩から背中の刀傷が痛々しい。奥医師から傷口を縫い合わせたと聞いた。二、三日は安静にしないと、傷口が開く恐れがあるそうだ。

牛島は平九郎を見ると一礼し、正座をした。

「ああ、お構いなく」

平九郎は牛島の前に座り、留守居役椿平九郎だと名乗った。

「ご迷惑をおかけ致します」

牛島は真摯《しんし》な顔で頭を下げた。意識はしっかりしている。問いかけには耐えられそうだ。

「失礼ながら、お話をお聞かせください」

平九郎は断りを入れた。

「何なりと」

牛島は身構えた。

「まず、貴殿が刃傷に及ばれた事情をお聞かせください」

平九郎は問いかけた。

「御家の事情……拙者には、あまりに理不尽なものであったのです」

牛島はいかにも言い辛そうだ。

立ち入られたくはないのだろうが、確かめないわけにはいかない。

「詳しくお話し願えませぬか」

あくまで辞を低くして問いかける。

「家中《かちゅう》で……ある問題が起きました。それを拙者は正そうとしたのです」

牛島の物言いは曖昧《あいまい》だ。

「問題とは……」

平九郎は牛島を見返す。

「それは……御家に関わることゆえ、武士の情け、お許しくだされ」

牛島は両目を見開いた。

なるほど、家中の不都合な事実を他家に漏らすことは憚《はばか》られるのだろう。それを言われると、これ以上の深入りは難しい。

「家中のいさかい事が尾を引いて、市中で襲撃されたのですな」

念を押すようにして訊くと、

「その通りです」

牛島は短く答えた。

「どの辺りで襲われたのですか」

話題を襲撃の事実関係に絞ることにした。

「こちらの御屋敷を出て右手にゆきますと、下り坂が伸びております。坂を下ると一本松があります。拙者、坂を駆け上がろうとしたところ、一本松の陰から柳田家中の者が飛び出してきて、いきなり背中を斬られました。応戦する暇《いとま》もなかったのです」

牛島は夢中で坂を駆け上がった。振り返ると幸いにして追手の姿はなかった。坂を上ると、道の両側には大名屋敷が軒を連ねている。上ったすぐの大名屋敷に駆け込んでは、追手に見つかると判断し、一町ほど先にある大内家の上屋敷に助けを求めたのだそうだ。

柳田家の藩邸は坂を下った先を三町ほど行った位置にあった。追手は一本松で先回りをしていたのかもしれない。

すると、牛島は言葉足らずと思ったのか、補足説明をした。

「おそらく、追手は何組かに分かれて拙者の行方を追ったのだと思います。拙者、藩邸を出ると用心をし、御当家に来るまでにあちらこちらに身を潜《ひそ》めておりました」

従って、一本松に到るまでには時を要したようだ。

「失礼ながら、刀を拝見できますか」

平九郎の申し出に牛島はおずおずと大小を差し出した。

平九郎は受け取り、抜刀する。

牛島の大刀は竹光《たけみつ》であった。

「これは……」

これでは、応戦できるはずはない。

牛島は目を伏せていたが、

「拙者、武芸の方はからっきしで」

と、恥じ入るように言った。

「御役目は……」

平九郎は竹光を納刀し、牛島に返した。

「御用方でござる」

御用方とは、何でも屋だと牛島は言い添えた。藩邸の雑務を担っているのだとか。たとえば、屋敷の修繕、庭の整備など、出入りの職人を監督し、つつがなく行うよう目を配る。時には、庭師や大工、瓦職人、左官、畳屋などに混じって手伝いもする。

家中では、武士の役目ではないと蔑《さげす》まれているそうだ。

「拙者、家禄《かろく》三十石の平士でございますので、そうした雑務にしか就《つ》くことができません。まあ、それでも、楽しいものです。こんなことを申しては、武士にあるまじき所業だと馬鹿になさるかもしれませぬが、職人どもと一緒に瓦を葺《ふ》いたり、庭を手入れしたりして汗を流すと清々《すがすが》しいのです。真新しい瓦が日輪を受けて輝く様、枝ぶりがよくなった松を見ると、それはもう、胸に喜びが湧いてまいります」

怪我も忘れ、牛島は生き生きと語った。日に焼けた顔が嘘偽りなく、牛島が現場で働いているのを物語っている。

か。

武芸の鍛錬を怠っているというより、役目に追われ、稽古する暇がないのではない

家中で馬鹿にされながらも己《おの》が役目に精進し、誇りを抱いているようだ。そんな牛島には好感が持てる。

すると、牛島が柳田家中を出奔《しゅっぽん》したのは、屋敷の修繕や庭の手入れで何らかの問題が起きたのだろうか。

大名藩邸の瓦、畳は莫大な数だ。柳田家は九州、肥前水前寺《ひぜんすいぜんじ》城主である。外様《とざま》で石高は十万石。大内家と同様、国持格である。藩邸は同じ規模であろう。上屋敷、中屋敷、下屋敷、抱え屋敷などを合わせると、畳は三千畳以上にもなる。大名藩邸に出入りを願う商人が跡を絶たないのは当然だ。

庭の手入れも同様である。特に下屋敷は広大な庭を備えている。庭木の手入ればかりか、清掃業務には人数を要する。庭師だけでは足りず、近在の百姓が雇われる。また、厩《うまや》で飼っている馬の飼葉《かいば》も莫大な量が必要だ。庭師、百姓を手配するのは、各々の大名家と繋がりを持つ豪農だ。豪農は名字帯刀を許される名家である場合が多い。

牛島は出入り商人、豪農との間で問題が生じたのだろうか。

柳田家といえば二年前のキリシタン弾圧が思い出される。きっかけは、領内有明海《ありあけかい》

で難破した阿蘭陀《オランダ》船であった。長崎《ながさき》の阿蘭陀商館に向かう途中のようだったが、柳田家中が船内を調べたところ、キリスト教布教のため来航した宣教師たちが多数乗船していた。

彼らは長崎奉行所で取り調べられた。取り調べの結果、戦国時代に日本を訪れたポルトガル人、スペイン人が交易の利で布教したように、彼らも交易の利でキリスト教を布教しようとした。九州には戦国時代、数多《あまた》のキリシタンがいた。キリスト教禁令後も棄教することなく隠れて信仰を続ける者の子孫が少なからずいた。

隠れキリシタンたちは村々に溶け込み、村の祭りや行事にも参加、年貢も納めていた。従って、各大名も見て見ぬふりをしてきた。隠れキリシタンたちは一揆《いっき》を起こすわけでも年貢を納めないわけでもない。各大名家にとっては、年貢を納める領民だ。弾圧すれば、真面目に年貢を納める領民を失うのである。

幕府も大名たちの姿勢を咎めなかったが、時として見せしめの摘発を行った。二年前、宣教師が密入国しようとしたことで幕府は九州の各大名に領内の宗門改《しゅうもんあらため》を命じた。

各大名家が絵踏みなどのキリシタン摘発を行っている最中、柳田家はいち早く領内のキリシタンを摘発、百人以上を捕縛し処刑した。果敢なキリシタン摘発を幕閣は高く評価、柳田家を国持格に高直しをし、長崎警固を担わせた。

そうした柳田家は武を誇る家柄。雑用を任され、上士から蔑まれてきた牛島庄次郎、挙句《あげく》に家を出奔することになってしまうとは……。

平九郎は牛島に同情を禁じ得なかった。

「まずは、とくと養生されよ」

平九郎が声をかけると、

「いえ、いつまでも逗留しておっては、御当家に迷惑がかかります。早々に去ります」

牛島は言った。

「いや、今、出ては柳田家の追手に見つかるかもしれませぬ」

平九郎は止めた。

匿った者がむざむざ殺されては、大内家の面目は丸潰れである。それでも、牛島は申し訳ないと思っているようだ。

「それに、傷を縫い合わせたばかりです。動けば、傷口が開きましょう。しばらく、治療に専念されるがよろしかろうと存ずる」

平九郎の説得に牛島は弱々しく首を縦に振った。

二

平九郎は用部屋に戻り、矢代と秋月に牛島の吟味内容を報告した。

秋月が、

「それにしましても、背後から襲うとは卑怯にも程がありますな」

「まったくだ」

平九郎はうなずいたのだが、

「問題は柳田家中だな。牛島を見失い、それでも諦めはしない。追手をかけたということは、牛島を生かしてはおけぬのだ。必死で探索しておるに違いない」

矢代は淡々と語った。

そこへ、藩主盛義の小姓がやって来て告げた。

「殿がお呼びでございます。矢代さま、椿さま、おいでください」

盛義の用件は牛島についてであろう。

「すぐに参る」

矢代が返事をした。

平九郎と矢代は盛義が待つ書院にやって来た。盛義は羽織袴に身を包み、端然《たんぜん》と座していた。

「駆け込みの一件であるが……」

案の定《あんじょう》、盛義は牛島の件を切り出した。

矢代に促され、平九郎が牛島への吟味の様を語った。盛義はうなずくと、そのまま黙り込んでしまった。どうしようかという判断を求めるように矢代に目を向けている。

「即断はできませぬ。柳田家中の動きを見定めなければなりませぬゆえ」

矢代の考えに、

「よかろう」

盛義は応じた。

これは盛義の口癖である。家中での論議に際して、結論が上奏《じょうそう》されると、「よかろう」と盛義は無条件で許可する。茫洋としたいかにもお殿さま然としており、家中から、「よかろうさま」と呼ばれている。

平九郎は黙っていられなくなり、

「牛島殿、傷が癒えるまで当家にて保護せねばなりませぬ」

「よかろう」

これにも盛義は賛同した。

すると、

「佐川《さがわ》さまがおいでです」

小姓が告げた。

佐川さまとは佐川権十郎《ごんじゅうろう》、大内家出入りの旗本である。各大名は幕府の動きを知るため、特定の旗本と懇意にしている。大内家が懇意にしている佐川は幕府先手組《さきてぐみ》に属し、明朗で口達者、幅広い交友関係を持っている。

陽気で饒舌《じょうぜつ》さゆえ、人気の噺家《はなしか》、三笑亭可楽《さんしょうていからく》をもじり、「三笑亭気楽《きらく》」と呼ばれている。佐川は折に触れ、藩邸に出入りして幕閣の人事の噂や大名藩邸についての噂話などを語ってゆく。

盛義はお通しせよと命じた。

程なくして佐川がやって来た。

絹織りの着物、空色地に鷹《たか》を描いた派手な着物を着流した、気儘《きまま》過ぎる、人を食ったような格好だ。浅黒く日焼けした苦み走った面構えと飄々《ひょうひょう》とした所作が世慣れた様子を窺《うかが》わせる。

挨拶もそこそこに、

「今、大名屋敷で盗みが繰り返されておるそうですぞ」

佐川は快活な様子で告げた。

大名屋敷は案外盗人《ぬすっと》に狙われやすい。藩邸の警固を過度にすると、幕府から謀反《むほん》の意思ありと見なされるため、警戒が緩《ゆる》い。加えて、御家の体面から盗みに入られたのを表沙汰にはしたがらないからだ。

盛義に代わって、

「盗人一味はどのような者たちなのですか」

平九郎が訊いた。

「それがな、実に手が込んでおるのだ、なあ、平《へい》さんよ」

しまった、と平九郎は後悔した。

佐川に「気楽」の二つ名をつけたのは、大内家の御隠居、すなわち大殿盛清《もりきよ》である。今まさに、彼の落語家並《な》みの饒舌が発揮されようとしている。話し始めたら止まらない。相手にしないわけにはいかず、平九郎はいかにも興味深いかのように身構えた。

待ってましたとばかりに、佐川は芝居がかった態度で語り出した。

「その盗人はな、駆け込み盗人と呼ばれ、あ、いや、わしが名付けたのだがな」

得意げに佐川は言い添えた。

懇意にしている読売屋《よみうりや》にその名で記事を書けと言っているそうだ。

「駆け込み盗人」

平九郎が口にすると矢代も目を凝らした。

「大名藩邸にな、盗人一味の一人が駆け込むのだ。大名家の藩士であったり、浪人であったりする。藩士の場合は御家を出奔して、追手をかけられたとか、市中で他藩の者といさかいを起こして刃傷沙汰になったが、相手は多勢、やむなく駆け込んだ、などという口上をする。浪人の場合はだな、仕官したいという口実で藩邸内に入り込むのだ。わしを雇ってくだされえ！　雑役でも何でもやりますぞ！　必ず役に立ちます。拙者、武芸十八般を身に着けるばかりか、算用にも長《た》けており……。そうかと思うと、瓦の葺き替え、大工仕事に畑仕事、盆栽、釣り指南、小唄に三味線……何でもござれと、思いつくがままに売り込むというわけだ」

佐川は身振り手振りを交えて語った。ついつい熱が入り、過剰な芝居となっているのが佐川らしい。

一味は匿われている間に、藩邸内の土蔵や金蔵の位置を確かめ、鍵の蠟型《ろうがた》などを取っておくのだそうだ。

盛義の目が見開かれた。

「矢代、椿、大丈夫か」

声を大きくして盛義が大丈夫かと危ぶんだのは、もちろん牛島のことである。日頃、茫洋とした盛義が気色《けしき》ばんだのを見て、佐川はおやっとなった。

平九郎が牛島のことを語った。

佐川は自分の額をぺたりと叩き、

「こりゃ、どんぴしゃじゃないのかい」

牛島が駆け込み盗人の一味だと決めつけた。盛義は慌てふためき、矢代に何とかせよとせきたてた。矢代が答える前に、

「お言葉ですが、牛島殿が盗人一味とは思えませぬ」

平九郎は否定した。

「平さん、甘いのじゃないのかい。牛島って男の話を鵜呑《うの》みにしていいのかな」

佐川は責め立てる。

「話を聞いた限りでは盗人には見えませんでした」

平九郎は言い張った。

「平さん、人が好《よ》いから丸め込まれたんじゃあるまいな。連中は口が達者だぞ。口か

ら先に生まれてきたような者たちばかりだ」

自分を棚に上げ、佐川は盗人たちを非難した。

「た、確かめてはどうじゃ……柳田家に……」

盛義は声を震わせた。

「できませぬ」

静かに矢代が異を唱えた。

佐川がこれを引き取り、

「矢代さんが言うように、そいつはできない相談だよ、山城守さん。駆け込まれた大名屋敷は、駆け込まれたことを表沙汰にしないのが武家の定法だからな」

佐川が言いたいことは、次のようである。

牛島の話を信じるのであれば、牛島は柳田家中で発生した争いに巻き込まれ、それで、御家を出奔した。柳田家は牛島を見逃さず、追手をかけ襲撃した。牛島は追手を逃れ、大内藩邸にやって来たのである。

もし、柳田家中が大内家に問い合わせてきたとする。問い合わせ、尚且つ、引き渡しを求めてきたらどうするか。

各々の大名家によって対処は違うが、概《おおむ》ね、匿っているとか、駆け込まれたという

事実は明かされない。すなわち、柳田家から牛島の駆け込みを問われ、引き渡しを求められた場合、

「そのような者は匿っておりませぬ」

と、否定するのが定法なのだ。

「柳田家に牛島のことを問い合わせるのはできねえって、寸法さ」

佐川は江戸っ子のべらんめえ口調となった。

佐川の勢いに押されるように盛義はうなずいた。

次いで興味を抱いたようで、

「佐川殿、武家屋敷は駆け込まれた者を匿うというのは定法だが、それは、公儀が法《はっ》度《と》として制定をしておるのですかな」

佐川は首を左右に振ってから答えた。

「法度にはないですな。あくまで、慣習、武士道というものを鑑《かんが》みての倣《なら》いなのでしょう。ただ、一つ面白い説がござります」

と、ここで言葉を止めた。

みな、佐川の話に聞き入った。

佐川は続けた。

「それは、誰あろう神君家康《いえやす》公にまつわる話なのだ」

徳川《とくがわ》家康を持ち出し、佐川は厳《おごそ》かな表情となる。平九郎たちも威儀を正した。

視線を集めて気を良くした佐川は帯に挟んだ扇子を取り出し、

「時あたかも、風雲急を告げる関ヶ原《せきがはら》合戦前夜！」

と、講釈師さながらに扇子を張り扇に見立て二度三度、釈台《しゃくだい》代わりの己が膝を勢いよく叩いた。ぱんぱんと乾いた音に調子づき佐川は語る。

「石田三成《いしだみつなり》は加藤清正《かとうきよまさ》、福島正則《ふくしままさのり》ら豊臣恩顧の大名たちから嫌われ、命を狙われた。清正たちは太閤の明国《みんこく》征服という途方もない野望によって朝鮮で疲弊《ひへい》した戦《いくさ》の日々を続けた。対して三成たち奉行どもは、国内にあって安穏とした日々を送っていた。むろん、三成とて何もしていなかったわけではない。船の調達などに苦労をしていたが、加藤清正から見れば楽をしていたってわけだ」

加藤清正、福島正則、細川忠興《ほそかわただおき》らは三成を誅《ちゅう》そうと動き出した。

「たまりかねた三成は伏見《ふしみ》の家康公の屋敷に駆け込んだ。駆け込まれた家康公はいかに……」

輿に乗った佐川は扇子で膝を強く張り過ぎ、顔をしかめた。左手で膝をさすりつつ声の調子を落として、

「家康公、敵である三成を屋敷に匿った。そこへ、加藤清正らが押しかける。家康公は清正らの前に立ちはだかり、三成の引き渡しを拒んだ。と、このような家康公の振る舞いが武士道に叶《かな》ったものとされた、ということだな」

語り終えた佐川は満足の笑みを浮かべた。

「なるほどなあ」

盛義は感心したが、

「家康公は堂々と三成を匿っていることを表沙汰にし、引き渡しを拒まれたのですな。それが、匿う事実を隠すようになったのは何故ですか」

疑問を抱き、平九郎は問いかけた。

「それは……あれだ」

得意に語っていた佐川の声がしぼんでゆく。はっきりとしたことがわからないようだ。

「天下泰平の世となって、大名家同士の争い事を避けようということになったのだろう。武士道は貫くが争いはせぬということだ」

佐川の考えの通りだろう。

実際、駆け込み先の武家屋敷として、幕府の重職、要職、すなわち、老中、若年寄、寺社奉行、町奉行、勘定奉行、大目付、目付の職にある者の屋敷へは駆け込みを避けるのが慣例となっている。

これらの屋敷に駆け込めば、駆け込まれた方も内々のうちに済ませることはできず、幕府が対処することになる。

今回であれば、柳田家に御家騒動あり、と見なされ、大がかりな事態にまで発展してしまうのだ。

「いかがする」

盛義はすっかり不安に駆られたようだ。

矢代は無表情のまま、

「牛島をしっかりと見張っております。もし、不審な動きなどを示しましたなら、即座に報《しら》せがまいります。また、あの部屋から外には厠《かわや》以外、出ぬようにしてもおります。ですので、万が一、牛島が駆け込みを騙《かた》る盗人であったとしましても、盗みのための下調べなどできませぬ」

と、言った。

「そ、そうか」

盛義は安堵に表情を和《やわ》らげた。

「まあ、確かめる方法というか、確実なのは、柳田家の出方だな。柳田家中から大内家に牛島の件で問い合わせがあるかもしれぬ、そうなったら、牛島が盗人一味ではないと明らかになる。追手をかけて見失ったままではなかろう。各藩邸を当たるのではないか」

という佐川の考えに平九郎も賛同し、

「それはそうですね。柳田家中の方が当家に牛島殿の引き渡しを求めてきたなら、牛島殿はまこと柳田家の家臣、と見なしてよろしいのではないですか」

これには盛義も納得した。

すると、すかさず平九郎は言い添える。

「柳田家中に問われたとしましても、牛島殿を匿っているとは断じて漏らせませぬ」

「おっと、その通りだ。平さん、わかっているじゃないか」

佐川は両手を打った。

そこへまたも盛義の小姓がやって来た。

今度は大殿こと隠居した盛清の言伝《ことづて》を告げた。明日上屋敷で平九郎に用事があるのだそうだ。盛清は深川《ふかがわ》にある下屋敷に住んでいる。わざわざ、上屋敷に足を運ぶということは……。

「相国殿《しょうこくどの》、これはきっと、金の無心だぞ」

おかしそうに佐川は手をこすり合わせた。相国殿とは盛清の二つ名である。すなわち、「盛清」をひっくり返すと、「清盛《きよもり》」となり、相国入道と称された平《たいらの》清盛に因《ちな》んで、「気楽」という二つ名のお返しと佐川がつけた。

「父上、今度は何に凝《こ》っておられるのかな」

盛義は危ぶんだ。

盛清は悠々自適の隠居暮らしをしているのだが、暇に飽《あ》かせて趣味に没頭している。ところが、凝り性ではある反面、飽きっぽい。料理に没頭したと思うと釣をやり、茶道、陶芸、骨董収集に凝るという具合だ。いずれもやたらと道具にこだわる。

その上、料理の場合は家臣や奉公人など大人数に振る舞い、釣りは幾艘もの船を仕立て大海原に漕ぎだすばかりか大規模な釣り専用の池を造作したりした。特に骨董品収集に夢中になった時は老舗の骨董屋を出入りさせたばかりか、市井《しせい》の骨董市に出掛けて掘り出し物を物色し、道具屋を覗いたりもした。馬鹿にならない金を費やした挙《あげ》句《く》、我楽多《がらくた》同然の贋物を摑まされことも珍しくはない。

とにかく、金がかかるのだ。

このため、大内家の勘定方は、「大殿さま勝手掛《かってがかり》」という盛清が費やすであろう趣味に係《かか》わる経費を予算として組んでいる。それでも、予算を超える費用が掛かる年は珍しくはない。

そんな勘定方の苦労を余所《よそ》に、盛清は散財した挙句、ふとした気まぐれから耽溺《たんでき》した趣味をぱたりと止める。興味をひく趣味が現れると、そちらに夢中になるのだ。

「目下《もっか》は庭造りのようですぞ。一昨日、下屋敷にご機嫌伺いに顔を出したところ、庭の絵図を書いておられました」

佐川が答えた。

「庭造りのう……つい三日前は盆栽に凝っておられたぞ」

呆れたように盛義は言った。

盛清は自慢の盆栽をしばしば盛義に贈って寄越したそうだ。決して見栄えのよい盆栽ではない。ありがた迷惑とはこのことで、捨てるわけにもいかず、盛義は辟易《へきえき》としていたのだ。それでも、盆栽なら費やす金額も見込める。しかし、庭造りとなると掛かる費用は莫大だ。凝り性の盛清であるだけに金に糸目をつけず、思い付きで庭を飾り立てるに違いない。

みな、そのことに思いが至ったようで、悩ましい空気が漂った。その空気を掃《はら》うように佐川が笑い声を立てながら言った。

「相国殿のことですから、盆栽をいじるうちにそれだけでは満足できず、庭木にまで興味が及んだのでしょうな」

笑い事ではない。

苦い顔をしている盛義を余所に、

「平さん、こりゃ、難題をふっかけられるだろうぜ」

佐川は面白がった。

「わたしは、留守居役で勘定方ではございません。銭、金の工面《くめん》はできない相談だとは、大殿さまもよくおわかりと存じます。それゆえ、金を用立てよとはおっしゃらないと思うのですが……」

不安を抱きつつ平九郎は返した。

「うむ、金の工面じゃないだろうな」

佐川も同意した。

「では、何でしょうね。まさか、わたしに庭造りにつき、助言を求められることはないと存じますが」

平九郎は盛義を見た。

「何でござろうな」

盛義も不安に駆られたようで、佐川に意見を求めた。

「そうさなあ……」

顎を掻き、佐川は思案をした。

矢代が、

「今の庭はお好みではなくなったということだな。きっと、下屋敷の庭にご不満なのだ。庭の有様を変えるには、庭師その他、出入りの者を変えようということかもしれぬな」

「それだ！」

佐川は矢代の考えを支持した。

大名屋敷の庭の手入れには莫大な人数を要する。庭師だけでは行えない。他に、杣《そま》人《びと》や農民の手助けが必要だ。盛清が考えている庭造りがどの程度の規模なのかわからないが、今までに任せていた者たちでは対応できないかもしれないのだ。

「わたしが呼ばれたということは……」

もう一度、平九郎は不安を口に出した。

「庭造りに間違いなく関係するだろうな」

佐川は言った。

すると、廊下を慌ただしい足音が近づいてきた。盛清の来訪は明日のはずだ。それに、足音には切迫したものが感じられた。

果たして、

「柳田家中の方がいらっしゃいました。椿殿に面会を求めておられます」

と、小姓が告げた。

一同に緊張と安堵が走った。

「ともかく、牛島殿が駆け込み盗人でないことは明らかなようです。そのことにはほっとしました」

平九郎の言葉にみなうなずいた。

椿平九郎が留守居役と調べた上での訪問だ。牛島を引き渡せという用向きに違いない。

「椿、しかと応対せよ」

矢代は厳かな口調で命じた。

極力自分を落ち着かせ、平九郎は玄関に向かった。

玄関脇の使者の間《ま》に平九郎は入った。

一人の侍が待っていた。顎の長い面、才槌頭、額の広い男だ。華奢《きゃしゃ》な身体を羽織、袴に包んでいた。

「柳田家用人、浦辺新左衛門《うらべしんざえもん》でござる」

やや甲高い声で浦辺は挨拶をした。

平九郎も名乗る。

浦辺の表情から内心を読み取ろうとした。浦辺は穏やかな笑みをたたえている。駆け込んだ者を引き渡せという荒々しい要求を胸に抱いているなど微塵も感じさせない。

それが却《かえ》って不気味だ。

「なるほど、逞しい面構《つらがま》えでございますな」

平九郎の顔をしげしげと眺め、浦辺は言った。

「はあ……」

意外な言葉に平九郎は首を捻《ひね》る。

「虎退治の椿殿の評判は耳にしておりますでな」

会えてうれしいと浦辺は言い添えた。

昨年の正月、平九郎は藩主盛義の野駆けに随行した。向島《むこうじま》の百姓家で休息した際、浅草《あさくさ》の見世物小屋に運ばれる虎が逃げ出し、盛義一行を襲った。平九郎は興奮する虎を宥めた。ところが、そこへ野盗の襲撃が加わった。平九郎は野盗を退治する。野盗退治と虎の乱入の話が合わさり、読売は椿平九郎の虎退治と書き立てた。これが評判を呼び、横手藩大内家に、「虎退治の椿平九郎あり」と流布されたのである。

この時の働きを見た矢代が当時馬廻り役の一員だった平九郎を留守居役に抜擢《ばってき》したのである。また、大殿盛清は虎退治で有名な加藤清正を連想し、平九郎を清正と名付けた。当初はあだ名であったのだが、平九郎が留守居役として手柄を立てると自分の名「盛清」の「清」を与え、椿平九郎義正から清正と名乗らせた。

平九郎は名実ともに清正になったのである。

浦辺の言に、緊張の箍《たが》が緩んでしまう。

牛島を脳裏に浮かべながら平九郎は問いかけた。

「して、本日の御用向きは……」

「深川《ふかがわ》の大殿さまより、貴殿を訪ねるように言われたのです」

意外なことを浦辺は言った。

「当家の大殿よりですか」

困惑して平九郎は問い直してしまった。

浦辺はうなずいて、

「下屋敷の御庭を造作し直されるそうです。当家の下屋敷の庭をいたくお気に召され、思い立たれたようですぞ。それで、当家出入りの豪農を上屋敷に紹介せよとお願いされましてな」

浦辺は想定外の訪問目的を語った。

なんだ、牛島のことではないのか。張り詰めていた気持ちが解《ほぐ》れ、気怠《けだる》さに包まれた。

「承知しました。わざわざ、ご足労くださり、ありがとうございます」

平九郎は頭を下げた。

それからふと、

「大殿は柳田さまの御庭、どうしてお気に召したのでしょうか」

「自慢に聞こえたならご勘弁願いたいのですが、当家の下屋敷は鳴滝園《なるたきえん》と呼ばれておる通り、滝が評判でございます。それと、夫婦松《めおとまつ》も評判ですな」

浦辺はうれしそうに語り出した。

鼓《つづみ》を打ったような滝の音が響き、まるで夫婦のような二本松の間から覗く月の美しさといったらないという。

「大殿もその滝と松、月に魅入られたのでござりますな」

平九郎が確かめると浦辺は笑みを深めて続けた。

「景観ぶりのみが評判を呼んでおるのではなく、わが大殿、楽斎《らくさい》さまが思索の場となさっておられることから、真理《しんり》を求める庭、真理園《しんりえん》と呼ばれております」

二年前、キリシタン摘発を評価され、国持格、長崎警固を担った功労者柳田備前守義重《よししげ》は嫡男義直《よしなお》に家督を譲り隠居、楽斎と雅号《がごう》を名乗り、庭造りに没頭したのだった。

先月、楽斎の招きで歌会があった。その際に、盛清は庭を見物し、魅入られてしまったのだった。

「何度も感嘆の御言葉を聞きましたぞ」

浦辺もうれしそうだ。浦辺ばかりではない。楽斎も大いに喜んだのだとか。それで、柳田家の庭普請を任せた豪農山田柿右衛門《やまだかきえもん》を紹介したのだそうだ。

盛清は庭を改造する気満々である。

すると、牛島のことが気にかかる。柳田家中でいさかいが起き、そのために牛島が追手をかけられ、大内屋敷に匿われていると柳田家が知ったなら、庭造りどころではない。

「まずは、それをお報せした次第。これから、お付き合いが深まると存じますので、よしなに」

浦辺は持参の菓子を差し出した。黒漆《くろうるし》に柳田家の家紋、三鱗《みつうろこ》が金泥《きんでい》で描かれた重箱には国許の銘菓である朝鮮飴《あめ》が入っているそうだ。餅米と砂糖、水飴をこね合わせ片栗粉《かたくりこ》をまぶした飴だそうだ。

「加藤清正公が朝鮮出兵に際し、兵糧《ひょうろう》の一つに加えられたことから、朝鮮飴と呼ばれております。椿殿も清正というお名前だそうですな。当家との縁を感じますぞ」

満面の笑みを浮かべ親しみを示してくれる浦辺に、平九郎は後ろめたさを感じた。今のところ浦辺は牛島が大内屋敷に駆け込んだのを知らないようだ。知れば、この笑顔は見られないだろう。

「こちらこそよろしくお願い申し上げます」

心中を悟られないよう平九郎は慇懃《いんぎん》に返す。

浦辺はにこやかに挨拶をして帰っていった。

浦辺来訪の報告に戻った。

「いかがだった」

盛義は心配を表に出した。

「それが……」

平九郎は浦辺の用向きを話し、

「牛島殿の一件は話題にすら上《のぼ》りませんでした」

と、言い添え、土産の重箱を盛義の前に置いた。

「そうか、柳田家中は牛島が当家に駆け込んだこと、未《いま》だ知らぬのじゃな」

言いながら盛義は重箱の中身が気になるようでちらちらと横目に見ている。

「そのようです。それと、土産は国許の銘菓朝鮮飴だそうです」

平九郎は言い添えた。

「ならば、牛島が盗人である可能性は否定できぬのだな」

朝鮮飴かと関心を示しつつ、盛義は問いを重ねた。

「否定まではできませぬ」

平九郎が答えると、

「明日まで待ってみることだな。それはそうと、朝鮮飴は美味だ。朝鮮飴というのはな、そもそも加藤清正が……」

佐川が饒舌ぶりを発揮しそうになったため、平九郎は浦辺から聞いた朝鮮飴の由来についてごく簡単に話した。

盛義が重箱を開けた。長方形に模《かたど》った朝鮮飴が並べられていた。箱は二重底になっていて、下は小判が並べられている。ざっと見て五十両だ。

「こいつは有難い飴だ。黄金飴だね」

佐川は素《す》っ頓狂《とんきょう》な声を上げた。

「受け取ってよいか」

盛義は小判を見たまま誰に問うということもなく呟いた。

「挨拶代わりだよ。返すのは非礼さ。山田柿右衛門を紹介された礼に赴《おもむ》く時、ちょっと色をつけて平さんが持参すりゃいいさ」

佐川の言い分を、

「よかろう」

と、盛義は受け入れた。

何となくもやもやとした空気が淀《よど》んだ。淀みの源は盛清が望む庭造りであるのは明らかだ。それを察した佐川が言った。

「確かに柳田家下屋敷の庭は評判だな。浦辺とかいう用人が申したように、鼓の音のように鳴る滝と夫婦松は一見の価値ありと聞く。年に何度か門を開け、町人たちに見物させているそうだぞ。月見の宴や滝を絵にしたり、歌を詠んだり、それは楽しいとさ。相国殿のことだ。負けじと、柳田家の庭を凌駕する雅《みやび》な風情の庭を造作したいだろうな。となると、これは相当な費《つい》えがかかるな」

これを受け、

「矢代、当家の台所はいかがなっておる……いや、聞くまでもないな」

盛義は不安そうに口を閉ざした。

日頃、矢代を初めとする重臣たちから質素倹約だと、耳に蛸《たこ》ができるほど聞かされているのだ。いくら勘定方が、「大殿さま勝手掛」を予算に計上していようと心配なのだろう。

もっとも、台所事情が苦しいのは大内家に限ったことではなく、概《おおむ》ね何処《どこ》の大名家も同様である。

「椿、何とかせい」

不安に駆られたようで盛義は命じた。

何とかせいが、庭の普請費用を捻出せよなのか、盛清に造作を諦めさせろ、なのかはわからない。いずれにしても難題であるが、金の工面は勘定方の役目であるため、盛清に断念させることなのだろうが、まずもって不可能であろう。

盛清の庭造りも問題だが、牛島の駆け込み騒動も大きな問題だ。

まるで性質の異なる難問ではあるが、平九郎は逃げられない。

三

異変は明くる朝に起きた。

柳田家用人浦辺新左衛門が再訪したのだ。浦辺は若い男を連れていた。いかにも血気盛ん、とんがった感じの男である。

「馬廻り役、磯貝《いそがい》隼人介《はやとのすけ》にござる」

磯貝は慇懃に頭を下げた。

昨日の愛想の良さはなりを潜め、浦辺はぎくしゃくとした態度で平九郎に語りかけた。

「当家の牛島庄次郎なる者、御当家の御屋敷に駆け込んだと耳に致しました。それで、椿殿……」

昨日の訪問があったせいだろう。浦辺は遠慮がちに言葉を止めた。平九郎が否定しようとするのを制し、

「お引き渡し願いたい」

磯貝が強い口調で申し出た。

「せっかく、ご足労頂きましたが、あいにく当家にはそのような御仁《ごじん》が駆け込んだ事実はございませぬ」

臆《おく》することなく、平九郎はしっかりとした口調で返した。

「これは、異《い》なことを申される。こちらの御屋敷に駆け込んだのを目撃した者がおりますぞ」

磯貝は主張した。

「存じませぬ」

静かに平九郎は繰り返した。

「椿殿、武家の定法に従って否定なさっておられるのでしょうが、それを敢《あ》えて破ってくだされ。そうでないと、大内家にとっても大きな害となります」

磯貝は一転して、穏やかな口調で頼むと、浦辺を流し見た。困り顔の浦辺も、

「せっかく、相国殿を通じて縁が深まった間柄ではございませぬか」

と、言い添える。

佐川が盛清に名付けた、「相国殿」という二つ名は他の大名家にも広まっているようだ。

「何を申されましても、牛島何某《なにがし》などと申される御仁は、当屋敷に駆け込んでなどお

りませぬ。断じてありませせぬ」

平九郎は冷静に繰り返す。

ここで言葉尻を曖昧にしたり、声を小さくしては相手に付け入る隙を作ってしまう。かといって、声を荒らげても、磯貝の気持ちを逆撫でするだけだ。あくまで、落ち着いた応対が求められる。

「どうあっても、引き渡さぬと申されるか」

肩を怒らせ、磯貝は目をむいた。

血気盛んな風貌通り、磯貝は感情の起伏が激しいようだ。馬廻り役ということは、藩主の側《そば》近く仕え、武芸の腕に覚えがあるに違いない。

牛島は言っていた。

用務方という名の雑用係を担う自分は平士、職人や百姓と共に汗を流す姿を家中から蔑まれている、と。

馬廻り役の磯貝隼人介は上士、将来は藩政に係る重役となるかもしれない。それゆえ、牛島を蔑む一人なのかもしれない。そう思うと、磯貝への敵愾心が湧いてくる。意地でも牛島を引き渡さぬぞと決めた……。

いや、いかんいかん。

情に流されてはならないのだ。

牛島に肩入れして、磯貝への応対を誤ってはならない。大内家と柳田家の間でいさかいが生じてはならないのだ。

平九郎は磯貝への感情を剝き出しにせぬよう、矢代に倣って無表情となって主張を重ねた。

「再三に亘《わた》って申しております通り、牛島殿なる御仁は当屋敷に駆け込んでおりませぬ」

磯貝は唇を嚙み締め、黙り込んだ。

横を向いていた浦辺が平九郎に視線を戻して念押しをした。

「くどいようですが、しかと相違ござりませぬな」

「相違ござりませぬ」

淡々と平九郎は答えた。

浦辺は磯貝を目で促した。

これ以上のやり取りは無駄だと宥《なだ》めているようだ。平九郎の主張が偽りであろうと、駆け込みを認めないのが武家の定法、引き渡しを強要できないのは明らかなのだ。

それは磯貝も承知しているのだろうが、座を掃おうとはしない。追手をかけ、逃げられてしまった手落ちを、何としても挽回せねばならない使命感が、帰るのを拒んでいるのだろう。険しい顔つきの磯貝を見ていると、牛島が引き渡されるまで何日でもここを動かないと言い出しかねない。

かと言って、家中の者を頼み数人がかりで無理やり、追い出すわけにもいかない。そんなことをすれば、大内家と柳田家の争いとなり、幕府の介入を招く。磯貝の面目《めんぼく》が立つよう、去らせねばならない。

平九郎は努《つと》めて穏やかな口調となって語りかけた。

「何でしたら、当屋敷を家探《やさが》しされますか。お二人では手に余るのであれば、柳田家中に使いを出され、必要な人数をお呼びになればよろしい。その間、わたしはこの部屋から一歩も出ませぬ。従いまして、探索人数が揃うまで、小細工は致さぬという次第です」

これには、浦辺が慌てて、

「いやいや、それには及びませせぬ」

と、強く首を左右に振った。

こうまで言われては、磯貝も牛島引き渡しを無理強いできぬと己に言い訳ができたようで、

「今日のところはこれで失礼致す。ですが、もし、牛島が椿殿の御存じないところで大内家に駆け込んであったことが判明した暁には、速《すみ》やかにお報せ頂きたい」

と、帰る気になったようだ。

しかし、言ったように今日のところは引き下がるが、諦めたわけではないという気持ちが籠っている。おそらくは、配下の者にこの屋敷を見張らせるだろう。

それにしても、磯貝はいかにして牛島が大内屋敷に駆け込んだのを知ったのだろう。一本松坂を上った道の両側に建ち並ぶ大名屋敷を片っ端から当たっているのだろうか。だとしたら、磯貝の物言いは過度の確信に満ちている。牛島が大内屋敷に駆け込んだのだと微塵も疑っていないのだ。

よほど確かな雑説《ざっせつ》（情報）が入ったに違いない。藩邸に牛島が駆け込んだのを知る者は家中でも僅《わず》かだ。いずれも、口が堅い者たちで、大内家への忠義心も厚い。

家中から漏れたとは思えない。もちろん、疑えば切りがないが……

牛島が駆け込んだ時、門の外近く、見通せた往来に人気《ひとけ》はなかった。磯貝が駆け込みを知ったとすれば、駆け込みが終わってからということになり、おそらくは、密偵に探らせたのだろう。とすれば、柳田家には腕利きの密偵がいる。

平九郎は口をつぐんだまま磯貝を見返した。磯貝は腰を上げた。浦辺も立ち上がり、一礼して帰っていった。

少しだけほっとした。


矢代と盛義に報告すべく書院に戻った。

すると、

「おお、清正、やっとるか」

大殿こと盛清が来ていた。盛清にも牛島庄次郎駆け込みの一件は報せてある。

盛清は還暦を過ぎた六十一歳、白髪混じりの髪だが肌艶はよく、目鼻立ちが整っており、若かりし頃の男前ぶりを窺わせる。

元は直参旗本村瀬《むらせ》家の三男であった。昌平坂《しょうへいざか》学問所で優秀な成績を残し、秀才ぶりを評価されて、あちらこちらの旗本、大名から養子の口がかかった末に出羽横手藩大内家への養子入りが決まったそうだ。大内家当主となったのは、二十五歳の時で、以来、三十年以上藩政を担った。

若かりし頃は、財政の改革や領内で名産品の育成や新田開発などの活性化に熱心に取り組み、そのための強引な人事を行ったそうだが、隠居してからは好々爺然《こうこうやぜん》となり、藩政には口を挟むことなく、趣味を楽しんでいる。

平九郎は挨拶をしてから、浦辺と磯貝との面談内容を語った。

盛義が、

「父上、厄介《やっかい》なことになったものです」

と、困り顔をした。

「せっかくの庭造りに支障が出るかもしれぬぞ。柳田家出入りの豪農、山田柿右衛門を紹介してもらったばかりというに……まったく、人の迷惑も考えぬ、愚か者めが」

盛清は庭造りに支障が起きるのを憤《いきどお》った。いかにも盛清らしい。

「して、椿、柳田家中の磯貝殿はあくまで牛島の引き渡しを主張し、引き下がらぬのじゃな」

矢代が確かめた。

「非常に強い意思を感じました」

平九郎は磯貝がこの屋敷を見張るに違いないと言い添えた。

盛清が、

「さっさと、出て行かせろ」

と、不機嫌に右手をひらひらと振った。

「ですが、大殿、今、申しましたように、当屋敷を柳田家の者が見張っております」

平九郎が抗うと、

「そこをうまいことやるのじゃ。駕籠に乗せる、あるいは、行商人にでも扮装させる、など、手立てはいくらでもあろう。少しは頭を使え」

盛清は指で自分のこめかみを差した。

「ですが、それは、いささか無理があると存じますが。うまくいけばよろしいのですが、発覚したなら、大事になります。刃傷沙汰に及ぶかもしれませぬ。この界隈は大名屋敷が軒を連ねております。斬り合いにでもなれば、たちまちにして御公儀の耳に達します。噂には尾鰭《おひれ》がつき、口さがない者たちは大袈裟に言い立て、読売はここぞとばかりに、いい加減な記事を書き立てることでしょう。大内家と柳田家で大事出来《しゅったい》……双方、多人数を繰り出し合戦《かっせん》さながらの争いに及ぶ……死者、手傷を負いし者、数知れず……」

熱弁を振るううちに平九郎は我に返った。佐川に影響されている自分を内心で諫《いさ》める。ばつが悪くなり、ちらりと盛清や矢代、盛義を見た。盛清は渋面《じゅうめん》となって口を閉ざしている。盛義は関わりを恐れてか横を向いた。

矢代は無表情のまま返した。

「ここは、下手《へた》な小細工は労せず、あくまで正論を主張するのがよろしかろうと存じます」

「正論とは、牛島など駆け込んではいないと、突っぱねるわけだな」

盛清は念を押した。

「さようにございます」

矢代は一礼する。

「のっぺらぼうらしい、面白くもおかしくもない考えじゃな。清正も同じ考えであろう。それでは、際限なく牛島を当屋敷に抱え込むことになるぞ。殿、それでよいのか。火種を抱えたままで、よいのか」

盛清は息子に問いかける。

「それは……」

盛義は口をあわあわとさせた。

「困るであろう」

盛清は畳みかける。

するとと盛義は、

「牛島は何をして追手をかけられたのであろうな」

と、ふとしたように疑問を投げかけた。

矢代が平九郎を見る。

「それは……聞かぬが武家の定法でございます」

平九郎が答えると、

「そんなことはわかっておるわ！　わかった上で、盛義は疑問を口にしたのじゃ」

盛清はいきり立った。

息子を庇ったわけではなく、盛清は解決の見通しが立たないことに苛立っているのだ。牛島の一件が落着せねば大望《たいもう》の庭造りを始められない、と、もどかしいのだ。

「なるほど、匿い通し、駆け込みなどなかったというのが定法である。だがな、匿うに足《た》る男なのかどうか、それを見定めるべきとわしは思うがな」

盛清は三人を見回した。盛義は黙り込んでいる。

「清正、どうだ」

盛清に迫られ、

「ごもっともと存じますが」

「存じますが……どうした」

盛清は手厳しい。

「牛島殿にはそれなりの事情があろうかと」

「馬鹿者、事情があるから柳田家を出奔したのだ。当たり前のことを申すな。よい、わしが訊く」

盛清は腰を浮かした。

「いえ、それはお止めください」

慌てて平九郎は止めた。

盛清のことだ。穏やかに事情を問うなどするまい。強引な詰問口調で質《ただ》すに違いない。牛島は委縮し、貝のように口を閉ざすのではないか。本来、駆け込んだ者が事情を語る必要はないのだ。また、駆け込んだ者が事情を明かせば、駆け込み先を争い事に巻き込む懸念があるゆえ、お互い、触れないのである。

「おまえたち、このまま指を咥《くわ》えておるつもりか」

盛清は怒りの目を三人に向けた。こうなったら、自分が応対せねばならない。

「承知しました。わたしが牛島殿に事情を確かめます」

平九郎は半身を乗り出した。

「ならば、清正、しっかりと対応致せ」

厳しい口調で盛清は命じた。

「父上、そう、いきり立たれてはお身体に障《さわ》りますぞ」

盛義が諫めた。

「うるさい」

こうなっては、盛清は止まらない。

「椿、早くせよ」

盛清に急《せ》かされ、平九郎は書院を出た。

四

再び、平九郎は牛島と面談に及んだ。

昨日に比べ、ずいぶんと顔色がよくなっている。平癒《へいゆ》に向け、順調なようだ。

「牛島殿、先ほど、柳田家より用人の浦辺新左衛門殿と馬廻り役の磯貝隼人介殿が参られました。貴殿が当家に駆け込んだゆえ、引き渡すように申し越されました。むろん、牛島殿は当家には駆け込んでなどおらず、従ってお引き渡しもかなわないと返答致しました」

平九郎の言葉に、

「かたじけない」

牛島は一礼した。

「ですが、磯貝殿は相当に強硬姿勢でござった。今にも当家を家探しせんとするような勢い。むろん、当家では決して家探しを認めるものではなく、磯貝殿とてそんな強硬なことはすべくもござらん。ですが、当家と致しましては、貴殿のお命を守るという点からしまして、これは定法に反することになりますが、貴殿が追手をかけられた事情をお聞かせ頂きたいのです。むろん、どのような事情であろうと、貴殿を柳田家に引き渡しませぬ。そのことは、この身に代えて固くお約束致します」

平九郎は隠し立てをせずに尋ねた。

牛島はぐっと唇を嚙んで黙り込んだ。いかにも苦しい胸の内であるかのようだ。

重苦しい沈黙が漂い、

「まことに勝手な物言いではござるが、武士の情け、ひらにご容赦《ようしゃ》くだされ」

と、両手をついた。

「面《おもて》を上げてくだされ」

平九郎は声をかけてから、

「おっしゃることはわかります。ですが、再度申しますように、当家としましては事情を知っておいた方が、今後の対応がよくできると思うのです」

「仰《おお》せのこと、よくわかります」

面を伏せたまま牛島は返答をする。

「お願い致します」

今度は平九郎が頭を下げた。

牛島はしばし思案の後、

「美佐《みさ》殿……」

と、女の名を漏らした。

「美佐殿……」

平九郎は牛島の言葉をなぞった。

牛島の表情が強張《こわば》ってゆく。額が汗ばんでもきた。その上、呼吸が荒く乱れる。それを見ただけで、美佐という女性との間に、よほど辛いことがあったのだと想像させる。

何だか、自分が悪いことをしているような気持ちになった。

牛島は首を左右に振って眦《まなじり》を決した。

「美佐殿とは拙者の許嫁《いいなずけ》でありました」

腹から搾り出すような声で語るところによると、今年の秋、牛島は美佐と婚礼を行うはずであった。ところが、正月、下屋敷で行われた歌会の際、美佐は藩主柳田備前守義直に見初《みそ》められた。

「美佐殿は殿により、側室とされてしまいました。主君の命《めい》ゆえ、逆らうことなどできません。美佐殿とて同様でござります。拙者は拙者の妻となるより、殿の側室になった方が美佐殿の幸せであると、自分に言い聞かせました」

自分に言い聞かせ、牛島は耐え忍んだのだった。

「ご心中、お察し……いえ、軽々《けいけい》にそんなことは申せませぬな」

平九郎は自分を責めた。

牛島は続けた。

「ところが、今月の初め、闇夜のことでした」

美佐は奥向きを抜け出し、牛島の武家長屋にやって来た。

「美佐殿は殿のお側《そば》は嫌だと、泣きました。その上……」

美佐は自分を連れて逃げて欲しいと頼んだのだそうだ。

「拙者、美佐殿を諌め、諦めるよう説得致したのです」

牛島は言った。

美佐によると、義直は酒癖が悪く、側の者に当たり散らし、美佐にも手を挙げるよないと思った。

うになったのだそうだ。その美佐の身の上話を聞くと、牛島も美佐を止めるのはでき

「それで、ついに、拙者、美佐殿と駆け落ちをする決意を致しました」

そのため、牛島は昨日の払暁《ふつぎょう》、美佐と芝大門《しばだいもん》前で待ち合わせたのだそうだ。

「ところが、やって来たのは美佐殿ではなく、磯貝殿ら数名の藩士であったのです」

牛島は美佐の身を案じつつ、大内藩邸に駆け込んだのだった。義直は美佐の駆け落ちを知り、牛島に追手を差し向けたのである。

事情は平九郎の予想を超えた深いものであった。

言葉が出て来ない。平九郎の表情は硬くなってしまった。それとは対照的に、心情を吐露《とろ》したせいか牛島は安堵で表情を和《なご》ませ、

「すみませぬ」

と、頭を下げた。

「あ、いや、その、何と言うか」

しどろもどろとなってしまった。

「今頃、美佐殿はどんなむごい仕打ちを受けているかと思うと」

牛島は首を左右に振った。

「無理もござらぬ」

平九郎は同情した。

牛島は苦悩の色を深める。

「様子を探りましょうか」

つい、そんなことを安請け合いのように言ってしまった。

「いえ、そんなことまでは……」

牛島は言葉とは裏腹にその目は期待で輝いている。

「できることはやってみましょう」

言ってから後悔した。

「ところで、磯貝殿は剣の腕は立つのでしょうな」

平九郎が問いかけると、

「家中一と言われ、それゆえ、殿の馬廻り役に就《つ》いております」

もっともだ。

「失礼ながら備前守さまの人となりは……」

「不忠者のそしりを受けることになりましょうが、腹蔵なく申しますと、酒癖の悪さが物語っております。普段は小心なのですが、酒の力を借り、家臣を執拗にあげつらう。まこと、身勝手な殿でござります」

堰《せき》を切ったように牛島は義直への鬱憤《うっぷん》を言葉の洪水として流出させた。

平九郎は黙って聞いていた。気が重くなる。

平九郎が口を閉ざしたため、

「すみませぬ。不愉快な思いをさせてしまいましたな」

慌てて牛島は詫びた。

さて、どうしたものか。

「牛島殿、まずは身体を治されよ」

「あ、いや、早々に立ち去ります。いつまでも、御迷惑はかけられませぬ」

牛島は遠慮した。

「いや、不用意に当屋敷から出ないで頂きたい」

平九郎は言った。

「そうでしたな。磯貝らは、きっと、この屋敷を見張っているでしょうからな。もし、拙者がこの屋敷を出るのが見つかったら、それこそ、大内家に多大のご迷惑をかけてしまいますものな」

牛島は言った。

「とにかく、受け入れた以上は、決して粗略《そりやく》には致しませぬ」

平九郎は言った。

「十分に承知しております」

牛島は慇懃に頭を下げた。

「では」

平九郎は座を掃った。


書院に戻った。

盛清が、

「わかったか」

真っ先に問いかけてきた。

「大いに複雑な事情でした」

平九郎は牛島から聞いた経緯をかいつまんで語った。

「ほう、そういうことか」

盛清はうれしそうに扇子で膝を叩いた。盛義は黙り込んだ。矢代は無表情だ。

「備前守さま、理不尽といえば、理不尽でございます」

平九郎は言った。

「備前守義直、大人しそうな男であったがな、ま、そういう者ほど、酒が入ると気が大きくなるものだ」

盛清は柳田家下屋敷で義直に何度か会っているそうだ。

「牛島殿、美佐殿のことを大変に気に病んでおられます」

「それはそうだろう」

盛清は笑った。

「美佐殿の様子を探りたいと思うのですが……」

平九郎は言った。

「清正、おまえらしいお人好しぶりだな。まこと、間抜《まぬ》けよ」

盛清らしい辛辣《しんらつ》な物言いをした。

「大殿……」

平九郎は顔をしかめた。

「よし、わしに任せろ」

盛清は言った。

盛義が危ぶんだ。

「なに、近々な柳田家の下屋敷に参る。庭の下見にな。その際にだ、探りを入れるぞ」

「ならば、わたしもお供致します」

平九郎は申し出た。

「よかろう」

盛清は受け入れた。

「父上、庭の改造ですが」

ふと思い出したように盛義が言った。

「なんじゃ」

盛清は苦い顔をした。

「費用、どれくらいと見込んでおられますか」

盛義の問いかけに、

「銭、金の問題ではない」

ぴしゃりと盛清は藩主たる息子の懸念を撥ね退けた。

二日が経った。

牛島は順調に回復した。

「それでは、今夜にでも拙者は発《た》ちたいと思います」

布団を部屋の隅に片付け、正座をして平九郎を迎えた。月代《さかやき》と髭《ひげ》は伸びているが、肌艶はよく、目が輝いている。

「いましばらく、逗留されてはいかがですか、当家に遠慮をなさる必要はござりませぬぞ」

平九郎が返すと、

「いや、これ以上の御迷惑はかけられません。それに、今夜は雨となる模様です。柳田家中の者の目をくらますにはまたとない機会だと思います」

毅然と牛島は言った。

牛島の言葉通り、屋根を打つ雨音が響いている。障子を風が揺らしもしている。

「承知しました」

平九郎は受け入れた。

この好機を逃しては逐電《ちくでん》することはできない。

「では、これを」

平九郎は大刀を牛島の前に置いた。

「これは」

　牛島は戸惑った。

「牛島殿、失礼ながら竹光ではござりませぬか」

　平九郎は微笑んだ。

「ですが、申しましたように拙者、腕の方はからっきしでして、真剣を頂いても、宝の持ち腐れにしかなりません」

　牛島は苦笑した。

「ですが、やはり、真剣というものは持っているだけで気持ちが違います」

「では、椿殿のご好意をありがたく頂戴します」

　牛島は礼を言った。

「後で、小袖と袴を届けさせます」

「重ね重ね、感謝を申し上げます」

　両手を膝に置き、牛島は頭を下げた。

　夜が更《ふ》け、平九郎は秋月と共に牛島の寝間を訪れた。牛島は身支度を終えていた。大内家から用意された新しい小袖と袴に身を包み、月代と髭はきれいに剃ってある。

「当家からの寸志です」

平九郎は紙に包んだ小判で五両を牛島の前に置いた。牛島は両手で押し頂くようにして受け取った。

雨は止まないどころか、激しさを増し、風も強くなっている。柳田家の追手から逃れるには好条件だが、牛島の前途多難を思わせもする。

それは牛島も同じ思いのようで、

「これからの暮らし、厳しいものとなるようですな……いや、自分で蒔《ま》いた種です。自分の手で刈り取らねば」

と、己を励まして立ち上がった。

平九郎も腰を上げ、

「嵐に耐えた稲は豊かに実るものです」

と、声をかけると、

「牛島殿、くれぐれもご自愛ください。青空を……日輪を見上げてくださいね」

秋月も感極まった様子で牛島の両手を握った。

「かたじけない」

牛島も秋月の手を握り返した。

と、牛島の目に緊張が走った。

「いかがされた」

秋月が問いかけると、牛島はやんわりと秋月の両手を解《ほど》き、

「怪し気な音が……」

と、言った。

まさか、柳田家の磯貝隼人介たちが潜入してきたのか。いや、いくら何でも盗人まがいの真似などはしないだろう。

盗人まがい……。

平九郎の脳裏に大名屋敷専門に盗み入る真砂《まさご》の五右衛門《ごえもん》一党が浮かんだ。

すると、

「椿さん、ここの裏ではないですか」

秋月が言った。

敵に備えてか小声になっている。

「しばし、ここに留まってくだされ」

平九郎は牛島に釘を刺し、秋月と共に濡れ縁から庭に下りると、建家の背後に向かった。風雨が幸いし、足音は消されている。それでも雨水を跳ね上げないよう慎重な

足取りとなっていた。

木々の枝が揺れ、稲光が走った。

秋月が声を上げそうになり、両手で自分の口を塞《ふさ》ぐ。雷光に黒装束の男たちが浮かんだ。

彼らは物置小屋に侵入している。

ただ一人、黒地に金糸で雲竜《うんりゅう》を描いた小袖を着て、大刀ではなく太刀を帯びている。月代が異常に伸び、目が大きいのは目張りを入れているようだ。

錦絵に見る、石川《いしかわ》五右衛門……。

やはり、真砂の五右衛門一党が押し入ったのだ。

だが、金蔵ではなく物置小屋を物色《ぶっしょく》している。ここには千両箱もお宝もない。あるのは大殿、盛清が耽溺した趣味の残骸である。

骨董に凝っていた頃の黄金《きん》の大黒像《だいこくぞう》、茶道を極めると息巻いていた頃の茶道具、稀覯本《きこうぼん》収集に目の色を変えていた頃の書物が入った木箱……。

用済みとなった品々だが、売ったり捨てたりするにはしのびず、盛清は上屋敷に引き取らせた。

そうだ、御堂である。

元はといえば、黄金の大黒像を安置するために建てたのである。従って、物置小屋同然ながら上屋敷では、大黒の御堂と呼んでいる。

五右衛門一党が御堂に盗み入ったのは、金蔵の守りは固いと踏んだからだろうか。ともかく、彼らは黄金の大黒像を持ち去ろうとしていた。台座を含め、高さ三尺ほどの仏像である。一年前、盛清が上野の骨董市で買い求めた。買った時は掘り出し物だと自慢していたのだが、骨董収集に飽きると下屋敷に置いておくのが目障りとなって上屋敷に移したのである。

黄金の大黒像を奪うと、五右衛門一党は御堂から去ろうとした。

他の品々には目もくれない。

盛清の目利きは確かだということか。金蔵の千両箱は諦めて求めたのが大黒像一つとは、よほど値打ちがあるのか。大殿の道楽品の象徴としての黄金の大黒像と平九郎は聞いていたが、見たのは初めてだ。

金の輝きが木像に鍍金《めっき》を施したり、金箔を押したのでないとすれば金塊だ。金塊であれば、五右衛門一党が狙うのもわかる。

一人が大黒像を脇に抱え、一党は御堂から出て来た。

「椿さん」

秋月の耳打ちで平九郎は我に返った。

家中の者に助勢を求めるゆとりはない。

「行くぞ」

平九郎は抜刀した。

秋月も大刀を抜き放つ。

「盗人、許さぬ！」

裂帛《れっぱく》の気合いと共に平九郎は敵の真っ只中に斬り込んだ。敵は一瞬、浮き足立ったが歴戦の悪党とあって、大刀を抜き、平九郎を囲む。

すると、練塀《ねりべい》を乗り越えて更なる敵が侵入して来た。彼らも黒装束だが、大刀ではなく匕首《あいくち》や長脇差《ながどす》を武器としている。武士ではなく、やくざ者の類《たぐい》であろう。

「奴らは任せてください」

秋月は大刀を抜き様、新手《あらて》に立ち向かった。

激しい雨と風に晒《さら》されながら平九郎は敵の動きを見定める。じりじりと敵の輪が縮められる。

と、背後で水飛沫《しぶき》が跳ね上がった。

振り返りもせず、平九郎は大刀を右手に持ち、切っ先を後ろに向けた。切っ先が敵の身体を刺し貫く感触がした。

悲鳴と共に敵が倒れる。

間髪《かんはつ》を容《い》れず、平九郎は右の二人に斬撃《ざんげき》を加えた。刃がぶつかり合う鋭い音が発せられ、青白い火花が飛び散る。

二人と同時に斬り結ぶ。

同士討ちを避けてか、他の者は間合いを保ったままだ。

背後に注意を払いつつ、平九郎は正面の敵、一人の手首を切り飛ばし、もう一人の太腿を突き刺した。

戦線離脱した二人に代わり、四人が平九郎に対した。横並びとなり、揃って大上段に構える。

焦らず平九郎は大刀を下段に構えた。

雷光に浮かぶ平九郎の表情は、刃傷沙汰の真っ最中とは思えない穏やかさだ。それが却《かえ》って敵には不気味なのか後ずさりする者もいた。

「斬れ!」

彼らの背後から怒声が飛んだ。

五右衛門が手下を叱咤したのだ。後ずさりした敵が踏み止《とど》まる。

平九郎は臆するどころか、笑みをたたえた。つきたての餅のような色白の肌が雨を弾く。

すると、平九郎の前に蒼《あお》い靄《もや》のようなものがかかり、嵐の中、川のせせらぎや野鳥の囀《さえず》りが聞こえてきた。遠い山里を駆け回る無邪気な子供のような平九郎に、敵の殺気が消えてゆく。

平九郎は大刀の切っ先をゆっくりと動かし始めた。吸い寄せられるように敵の視線が切っ先に集まる。

平九郎は切っ先で八文字を描いた。

敵の目には平九郎が朧《おぼろ》に霞《かす》んでいる。

「何をしておる！」

五右衛門が苛立つと、四人は我に返り一斉に斬りかかった。

が、そこにいるはずの平九郎の姿がない。

唖然とする四人の背後で、

「横手《よこて》神道流《しんとうりゅう》、必殺剣朧月《おぼろづき》！」

大音声《だいおんじょう》を発するや、振り向いた四人の首筋や眉間に峰討ちを食らわせた。

四人はばったりと倒れた。

「おのれ！」

五右衛門は怒りの形相で太刀を振りかぶった。

平九郎は大刀を正眼に構える。

すると、御堂に潜んでいた敵が三人、飛び出した。虚《きょ》をつかれ、平九郎は大刀を構え直す。

わずかな隙を見逃さず、五右衛門は太刀を振り下ろした。すかさず平九郎は受け止めたが、五右衛門の斬撃は凄まじく、加えて雨でぬかるんだ地べたに足を滑らせ、尻餅をついた。

体勢を立て直す間もなく五右衛門の太刀が襲いかかる。その間、逃すまいと三人が背後に回り込んだ。

雨に打たれる平九郎の顔面に脂汗が滲んだ。

すると、

「死ね！」

獣の咆哮《ほうこう》が嵐を切り裂いた。そう、それは人の叫びとは思えない獰猛《どうもう》さであった。

秋月慶五郎ではない。

大内家中の者でもない。

平九郎の驚きは敵も同様で、五右衛門は動きを止め、三人は声の主を探した。

水飛沫《しぶき》を上げ、一人の武士が駆け込んで来た。

牛島庄次郎である。

牛島は声音に合わせるかのように獣じみた形相となり、三人に斬りかかった。

敵が応戦する暇もなかった。

白刃が荒々しく振り下ろされ、横に払われ一人は胴を割られ、一人は肩から袈裟懸《けさが》けに斬り下ろされ、最後の一人は首を刎《は》ねられた。

平九郎は立ち上がり様、五右衛門の首筋に峰討ちを放った。五右衛門は前のめりに倒れそうになった。

すると、すかさず牛島は五右衛門の首を刎ねた。野獣と化した牛島の勢いは止まらず、地べたを這う敵を突き刺し、斬り、次々と命を奪っていった。

唖然とした平九郎であったが、

「牛島殿、もう、その辺にされよ」

と、止めた。

秋月もやって来て牛島を止めた。

牛島は秋月が倒した者たちにもとどめをさした。御堂の前は凄惨な殺戮の場となった。

無残な骸《むくろ》と化した五右衛門一党の脇に転がる黄金の大黒像を平九郎は拾い上げた。雨に打たれ、常軌を逸したような目で立ち尽くす牛島に、

「お見事」

と、秋月は賞賛の声をかけた。

やり過ぎではあるが、牛島に窮地を救われたのだ。平九郎は礼を言った。

牛島は無言で納刀した。

「武芸は不得手などと、ご謙遜もいいところではござらぬか。鮮やかな手並み、感服致しました。危ないところを助けて頂き、ありがとうございます」

再び礼を言い、平九郎は深々と腰を折った。

「夢中で剣を振るっただけでござる。拙者、剣術は我流ですので」

正気に戻ったようで牛島の顔は穏やかに戻っていた。

三人を斬った時の太刀筋の正確さ、斬撃の威力、間合いの詰め方、いずれも一流の剣客《けんかく》の技量が備わっている、と平九郎は思った。我流で身に着けたとすれば、相当な修練が重ねられたに違いない。

牛島の一面を見たようで、平九郎はもっと牛島と語り合いたくなった。

が、

「椿殿、秋月殿、大内家のみなさまのご厚情、牛島庄次郎、生涯忘れるものではござらぬ。これにて、御免！」

牛島は裏門脇の潜りから出て行った。

牛島庄次郎の前途に幸あれ、と平九郎は心の底から願った。

第二章　真理を超える大黒

一

過ぎゆく春を惜しむかのような霞空《かすみぞら》が広がる弥生二十日の昼下がり、平九郎は盛清に伴われ、柳田家の下屋敷を訪れた。

浅草今戸《いまど》に構えられた屋敷は柳田家の御隠居、楽斎が設計した庭園、真理園《しんりえん》が有名だ。見上げると、待乳山聖天《まつちやましょうでん》の社殿が緑の木々の中、朱色の威容を見せていた。

家臣の案内で庭を見て回る。

松をはじめとして木々の手入れが行き届いているのは当然としても、平九郎を驚かせたのは山里のような一角だ。

田畑が拡がり、畦道《あぜみち》を野良着姿の男女が歩いてゆく。雲雀《ひばり》や雀《すずめ》の鳴き声が響き、水車が心地よい水音を聞かせていた。藁葺《わらぶ》き屋根の農家が点在し、大きな築山《つきやま》があった。柳田家の国許《くにもと》にある山里を切り取って再現しているのだとか。

築山からは滝の音が聞こえた。

盛清と共に築山に踏み入って見物をした。築山に造作された滝ゆえ、小さな瀑布《ばくふ》ながら鼓を打ったような心地よい音を響かせている。

盛清は負けない庭を造ろうと意気込んだ。

柳田家の家臣が、御殿客間で楽斎が待っていると告げたため、ひとまず見物を中断した。

このごろは、真砂の五右衛門一党を退治したと、椿平九郎清正の名は高まっている。先般の虎退治に続く快挙だと、読売は大袈裟に書き立てていた。話は大きくなり、平九郎一人で五右衛門一党三十人に立ち向かい、悉《ことごと》く成敗《せいばい》した、と書き立てられる有様だ。

錦絵も出回り、石川五右衛門と岩見重太郎《いわみじゆうたろう》の対決の様が描かれている。真砂の五右衛門を石川五右衛門になぞらえているのはわかるが、平九郎を岩見重太郎に擬《ぎ》せられたのには苦笑してしまう。

岩見重太郎は大坂《おおさか》の陣の際、豊臣《とよとみ》方に加わって華々しく散った豪傑だが、仇討ち旅伝説が有名だ。父の仇《かたき》を求め、全国を行脚《あんぎゃ》、各地で狒々《ひひ》や大蛇を退治し、ついに天橋立《あまのはしだて》で仇討ち本懐を遂げる。

客間で盛清は錦絵や読売を持ち、楽斎と語らった。平九郎も場が和《なご》むのであればと、楽斎の求めるままに五右衛門一党を退治した経緯を語った。

但し、牛島庄次郎が助勢してくれたことは語れない。それだけに、功《こう》が自分に集まったことに後ろめたさを感じた。

しばらくして、楽斎は盛清を誘い、庭の散策に出た。平九郎も供をしようと思ったが、家中の者が用向きがあると楽斎に言われ、座敷に留まった。おそらくは牛島について問われるのだろう。

果たして、藩主柳田備前守義直の馬廻り役、磯貝隼人介がやって来た。頰を強張らせ眼光鋭く平九郎を睨み、

「牛島庄次郎、今もって行方が知れませぬ」

と、磯貝は責めるような口調で言った。

「わたしに言われましてもわかりませぬな」

平生《へいぜい》を保ち、平九郎は返事をした。

しかし、磯貝はそれを無視し、

「最早《もはや》、大内藩邸にはおらぬでしょうな。拙者、推量するに、春の嵐が江戸を襲った夜に藩邸を抜け出たのでござろう。他の日々には手の者が目を光らせておりましたが、牛島らしき者は目撃しておらぬ」

「推量なさるのはご勝手でござりますな」

平九郎はいなした。

「そうそう、あの晩は真砂の五右衛門一党とか申す盗人を斬ったのでしたな。五右衛門がどれほどの使い手なのかは存ぜぬが、所詮は盗人、拙者なら刀の錆《さび》にするのも汚《けが》らわしい」

磯貝は柳田家中きっての剣客だそうだ。平九郎の五右衛門一党退治が悔しいのかもしれない。

平九郎は口を閉ざしたまま、微笑みを返した。が、それが磯貝の反発を買ったようで、

「椿殿、外へ」

短く言うと磯貝は座敷を出、濡れ縁を横切って庭に下りた。ひょっとして、立ち会おうというのか。

半信半疑ながら平九郎も庭に出た。

「勝負とまいろう」

磯貝は当然のように告げた。

「受けられませぬな」

平九郎が拒絶すると、

「逃げるか」

磯貝は目を凝らした。

平九郎が牛島の逃亡を助け、しかもその晩に五右衛門一党を退治し、江戸市中でもてはやされていることが腹立たしいのだろう。

それとも、平九郎が牛島の逃亡先を知っていると思い、刀にかけて白状させようというのか。

それでも、挑発に乗るわけにはいかない。

「盗人は斬れても武士には歯が立たぬか」

磯貝は平九郎を罵倒した。

平九郎は拳を握り締めた。

「抜け！」

磯貝が大刀の柄《つか》に右手を掛けた。

すると、

「おや、磯貝さま、しばらくですな」

と、抜けたように明るい声が聞こえた。一瞬にして、磯貝は殺気を削がれて小さく舌打ちをした。

声の主が近づいて来た。

背は高くはないが恰幅のいい身体を羽織、袴に包み、大小は帯びていない。脂《あぶら》ぎった顔からは精力が溢れていた。

「柿右衛門、いかがした」

苦笑混じりに磯貝は問いかけた。

大内家下屋敷の庭普請を手掛ける、葛飾《かつしか》村の豪農、山田柿右衛門だ。

柿右衛門は視線を平九郎に移し、

「大内さまのお留守居、椿さまでいらっしゃいますか」

「いかにも、わたしは椿平九郎だが……」

平九郎が返すと、

「大内の大殿さまがお呼びでございます。池の東屋《あずまや》にいらっしゃいますので、ご案内致します」

辞を低くして柿右衛門は答え、案内に立った。

「承知した」

平九郎が歩き出そうとした時、素早く磯貝は歩み寄ると、

「明日の払暁、五つ半、両国橋《りょうごくばし》東詰めの袂《たもと》で待つ。貴殿が武士なら参れ」

と、口早に言い、その場を去った。

柿右衛門の案内で池の畔《ほとり》にある東屋にやって来た。盛清と楽斎がいる。平九郎に気づいた盛清は手招きをした。平九郎も東屋に入る。

「見よ、見事なものよな」

盛清は池に設けられた築島を指差した。

小さな観音堂が建てられ、その前に枝ぶりのいい松が二本植えられている。鳴滝と並ぶ、柳田家下屋敷の名庭園の名所である。

なるほど、夜空に浮かぶ月は松の間にあってさぞや見栄えがするだろう。歌心のない平九郎でも、一首詠めそうだ。

いや、歌道というもの、そんなに甘くはないか。

風情を味わうように半眼となった盛清が楽斎に問いかけた。

「築島に観音堂を建てたのは、いかなるわけですかな」

楽斎の顔から笑みが消えた。

「娘……娘の真理《まり》の供養なのです」

盛清も笑顔を引っ込め、

「知らぬこととはいえ、失礼致した」

と、詫びた。

楽斎の末娘、真理は二年前、病で急死した。まだ十八歳の若さだった。聡明で学問好きと評判で老中松林越前守重貞《まつばやしえちぜんのかみしげさだ》の嫡男重成《しげなり》との婚礼を十日後に控えてのことだった。

柳田家による領内のキリシタン摘発は幕閣で高く評価された。柳田家を国持格待遇に強く推《お》したのは松林であった。柳田家は国持格となったばかりか、長崎警固の重責を担うようになった。更に松林は真理を嫡男の嫁にと願い、両家の絆を強めたのである。

まさしく、「好事魔多し」と言える愛娘《まなむすめ》の死であった。楽斎が隠居したのは真理の死を受けてのことだとは誰の目にも明らかだった。それ以来、藩政からは一切手を引き、庭造りに没頭したのだ。

真理は和歌も巧みであったそうだ。鳴滝といい、二本松といい、鄙《ひな》びた景色といい、真理が生きていたら歌を詠むに事欠かない風景に満ちている。

いや、楽斎は真理のためにこの庭を造ったのではないか、と平九郎は思った。冥途《めいど》の真理がこの庭を歌に詠んでくれるように……。

また、真理ばかりか楽斎自身のためでもある。この庭を通して楽斎は真理と会っているのだ。

通称、「真理園」で知られる庭園は物事の真理を追究する場であると同時に、楽斎にとっては亡き娘、真理を偲《しの》ぶ、真理と会う場であるようだ。

そう思うと平九郎の目には庭の景観が悲しい色に彩《いろど》られた。

果たして、

「真理は日々、観音を拝んでおりましたのでな、せめて観音に守られながら冥途で暮らせるよう小さな観音堂を建立《こんりゅう》したのです」

楽斎は言った。

盛清もしんみりとなり、観音堂に向かって両手を合わせた。平九郎も合掌し、見たことも会ったこともない真理の冥福を祈った。

二

明くる二十一日の払暁、平九郎は磯貝から指定された両国橋東詰めの袂にやって来た。武士として男として、避けられない対決だと思ったのだ。

夜明け前、乳白色の空が拡がり、地平が朝焼けで茜《あかね》に染まっている。晩春だが、川風は肌寒い。

磯貝は待っていた。

平九郎を見ると黙って河岸に下りてゆく。平九郎も続く。

河岸に到ると、二人は無言のまま羽織を脱ぎ、袴の股立《ももだ》ちを取った。それから、大刀の下緒《さげお》で襷《たすき》を掛ける。

平九郎は間合いを取り、磯貝と対峙《たいじ》した。

朝靄が立ち昇り磯貝の身体がぼんやりとした影絵のように映った。

磯貝は大刀を大上段に構えるや、いきなり斬り込んで来た。

平九郎は背後に飛び、下段から大刀で斬り上げる。

が、磯貝の刃は平九郎の斬撃を避け、横に流れた。

平九郎の体勢が崩れる。
そこへ、磯貝の大刀が襲いかかる。
すかさず、平九郎は屈み込んだ。
風がびゅんと鳴り、頭上を刃がかすめる。
平九郎は勢いよく立ち上がり払い斬りを放った。
磯貝は横に避け、八双《はっそう》に構え直した。
と、背後からぞろぞろと侍たちが迫って来た。
同僚を誘っての騙《だま》し討ちかと、平九郎は怒りがこみ上がった。
が、磯貝は両目をむき、
「やめよ！」
同僚たちに叱責を加えた。
侍たちは刀を引いた。磯貝は平九郎に向かって言った。
「すまぬ。とんだ邪魔が入った」
しかし、平九郎は磯貝への不信感が拭えない。怒りの形相のまま、
「徒党を組んだわけではないと申すか」
内心で、多人数で牛島を追い、配下の者は背中から襲ったのではないかと思った。

「貴殿に疑われても仕方がないが、わしは断じて武士道に反することはせぬ」

　磯貝は声を震わせた。

「どうであろうな」

　平九郎は冷笑を放った。

「何を申しても信じてはもらえぬであろうが……」

　悔しそうに磯貝は唇を嚙む。

　闘志に溢れた表情が一転、悲し気な様子は、平九郎の胸に訴えるものがあった。

「わしを信じられぬとお思いならば、斬ってかまわぬ」

　磯貝は大小を放り投げ、河原に正座をした。磯貝の覚悟の程を知ろうと、平九郎は背後に立つと大刀を振り被る。

　動ぜず、磯貝は両手を膝に置き、目を瞑《つむ》った。

「このようなことで命を失うとは、無念とは思わぬか」

　静かに声をかける。

　磯貝は両目を閉じたまま答えた。

「武士道とは死と隣り合わせである。いつも死ぬ覚悟を決めております。ここで果てようと、それでよし」

達観《たつかん》した磯貝を見ていると、平九郎の神経も研《と》ぎ澄まされてゆく。

磯貝は死を受け入れている。

平九郎の大刀が朝日を受け、ぎらりと煌《きら》めいた。

「いざ！」

裂帛《れっぱく》の気合いと共に平九郎は大刀を振り下ろした。白刃は一陣の風となり、磯貝に襲いかかる。

が、磯貝の首に達する寸前にぴたりと止まった。

「一点の曇りもないようであるな」

静かに平九郎は納刀した。

磯貝は両目を開けた。

刀を鞘に納めた平九郎を見上げ、磯貝も立ち上がり、大小を腰に差した。

「お疑いは晴れたようですな」

磯貝に確かめられ、

「いかにも」

平九郎が返事をすると朝靄が晴れ、川面《かわも》がきれいに澄み渡った。

「卒爾《そつじ》ながら、腹を割りませぬか」

平九郎は言った。

「腹を割るとは」

訝《いぶか》しみながら磯貝は問い返す。

「磯貝殿は何故牛島殿に追手をかけたのですか」

平九郎は問いかけた。

「牛島は殿を裏切る行いを致した」

腹から搾り出すようにして、磯貝は答えた。平九郎も本音をぶつけるしかないと思い、

「備前守さまの御側室、美佐殿と関わるのではありませぬか」

と、言った。

磯貝は目をしばたたかせ、

「美佐殿を御存じなのですか」

「牛島殿の許嫁であられたとか」

平九郎は答えた。

「はあ……」

磯貝の目は戸惑いに揺れた。

嫌な予感に襲われる。

「違うのですか」

恐る恐る、問いを重ねた。

「違いますな。というより、牛島には許嫁などおりませんぞ」

磯貝も戸惑いを示した。

平九郎は混乱した。川面に朝霧が戻ったようにぼんやりとした情景が浮かぶ。

「牛島は御家の公金に手をつけたのです」

「公金……」

「庭の整備を請け負った豪農、山田柿右衛門に支払うべき金を着服したばかりか、柿右衛門から賂《まいない》を受け取っておりました」

磯貝は言った。

「なんと」

平九郎は砂を嚙んだような気分となった。

磯貝の言葉は真実だろう。磯貝には嘘を吐く利点も理由もない。

用務方という雑務を担うゆえ、家中で蔑まれているが、自分はこの仕事に誇りを持っている、職人や百姓たちと汗を流すのは清々しいと語っていたのは真っ赤な嘘だったのか。疑いもせず、牛島の話を信じた自分が情けない。

盛清が聞いたら、平九郎をお人好しと罵倒するだろう。いや、いっそ、盛清から罵《ば》詈雑言《りぞうごん》を浴びせられれば、少しは気が楽になるかもしれない。

「牛島は何と申しておったのですか」

磯貝に問われ、

「許嫁であった美佐殿を備前守さまに側室に召し上げられた……それは美佐殿も意に染まぬことで、共に駆け落ちを約束した、と」

平九郎は答えた。

「馬鹿な、そのような世迷言《よまいごと》を、牛島は申したのですか」

磯貝は笑い飛ばした。

「牛島殿は闇雲《やみくも》に美佐殿を持ち出されたのですか」

平九郎は腹が立ってきた。

「美佐殿は、重臣の娘でござる。平士たる牛島とはまるで接する場がござりませぬぞ」

呆れたように磯貝は言った。

「それでは、牛島殿の話は己が公金横領を取り繕《つくろ》うための嘘であったというわけですな」

怒りに声が震えてしまった。

「所詮《しょせん》は御家の金に手を付けた男、そのように大それた偽りを申すのも恥と思わぬのでしょう」

磯貝も腹が立ってきたようで、その顔は怒りに染まった。

「ともかく、わしは、御家の面目にかけて牛島を追いかける所存でござる」

断固とした決意を磯貝は目に込めた。

三

怒りを通り越し、悄然《しょうぜん》と平九郎は藩邸に戻った。

書院には平九郎を待って、盛義と矢代、それに佐川が来ていた。

「磯貝を斬ったかい」

佐川が問いかけてきた。

まるで講釈を聞くような野次馬根性丸出しである。

「いいえ」

静かに平九郎が返すと、

「なんだ、結局、果し合いなんてなかったんだろう」

と、いかにも期待外《はず》れだと言いたげに佐川は肩をそびやかした。

「そうではありませぬ。互いに真剣にて刃傷に及びました」

平九郎は経緯をかいつまんで語った。

「へ～え、こいつは驚き桃の木山椒《さんしょう》の木だな」

大袈裟に佐川は目をむいた。

盛義も首を捻った。

「牛島に一杯食わされたってことか。いや、必ずしも、そうはならないな。駆け込みを匿うのは武家の定法だ。その際、匿われた者は事情を語る必要などない。牛島が何をして柳田家中を出奔しようと、大内家とは関わりない。つまり、今回の一件で、何ら落ち度はないってことさ。まあ、牛島も悪気があって……いや、悪気がなくはないであろうが、公金横領、出入りの豪農から賂を受け取ったよりはましだと判断しての嘘をついたのだろう。それとも、牛島の奴、本気で美佐殿に懸想《けそう》していて、自分の許嫁であったのに殿さまの側室に召し上げられてしまった、という妄想を抱いたのかもしれんぞ。でもって、思いが募り、いつしか本気で許嫁だと思い込むようになったって寸法よ」

訳知り顔で語る佐川の説明に、

「そんな馬鹿なことを考えるものでしょうか」

平九郎は疑問を呈した。

心外だとばかりに佐川は平九郎に向き直って語り出した。

「平さん、懸想する男の気持ちというのをわかっちゃいないな。いいかい、恋患《こいわずら》いってやつはな、本当に始末が悪いんだ。一日中、頭の中はその女のことで頭が一杯になっちまうのさ。起きている時は、飯食っていても、小便していてもその女のことを考える。今頃、美佐殿は何を食べているんだ、どんな本を読んでいるんだ、なんてな。もちろん眠ったら夢の中に出て来る。そのうち、夢なのか実際のことなのか、区別がつかなくなっちまうんだ。そんな有様だからな、その女は自分とは深い仲なんだってことを現実のものと妄想してしまうってことなんだよ」

半眼になり、斜め上を見て情感たっぷりに佐川は語った。

「へ〜え、そういうものですか」

佐川の熱弁にもかかわらず、平九郎は半信半疑だ。ちらっと盛義を見ると、関心なさそうにあくびを漏らした。

「ま、ともかく、これで、めでたしとはいかねえかもしれねえが、一件落着ってことじゃないかね」

佐川らしい楽観を示した。対して、

「ただ、釈然としません」

平九郎は不満を口に出した。

佐川は宥めるように言った。

「まあ、平さん、そんなにとんがらなくても、柳田家と悶着《もんちゃく》にもならずに済んだんだから、それでいいじゃないか。間に入ったのは山田柿右衛門だろう」

「大殿がいたくお気に入りのようで、山田柿右衛門の仲裁を受け入れました。ですが、柳田家中の方々は納得せず、わたしが磯貝殿との果し合いに応じた次第です」

平九郎は唇を噛んだ。

「何を悩んでいるんだ。平さん、あんた、ちょっと気持ちを切り替えた方がいいぜ」

あくまでも明るく佐川は言う。

「はあ、そうですね」

平九郎はそう言われても釈然としないままである。

「平さんよ、おれと一緒に落語を聞きに行こうぜ」

佐川に誘われ、平九郎が返事をする前に、

「よかろう」

盛義が承諾をした。

こうなっては、平九郎も断ることはできなくなった。

すると、厄介にも盛清の訪問を告げられた。

盛清にも磯貝との顚末《てんまつ》を語った。

「牛島という男、始末に負えぬのう。しかしな、そんな男、厄介払いができてよかったではないか」

懸念が去り、盛清は上機嫌だ。

「さすが、大殿だ。よくわかっていらっしゃる」

佐川は盛清を持ち上げる。

「あたりまえじゃ。牛島は要するに咽喉《のど》に引っかかった魚の骨であった。放ってはおけなかったが、身体の具合が悪くはならぬ。骨は取り除かれれば、それでよしじゃ」

盛清は言った。

「大殿、うまいことおっしゃいましたな。それにしましても、庭造りで山田柿右衛門の働き、期待できますな」

佐川の言葉に、

「うむ。柿右衛門は様々な大名屋敷の庭造りを行っておるだけあってな、中々、わしの考えの摑み所がよいぞ。うむ、よき、庭になる」

盛清の頭は庭造りに向けられている。

「そりゃ、いいや。庭ができたら、宴《うたげ》ですな」

「月見の宴にはもってこいだぞ」

楽しみだと盛清と佐川は満面に笑みを拡げた。しかし、平九郎は乗れない。

「平さん、陰気な顔をしなさんな」

佐川に肩を叩かれた。

盛清は顔を盛義に向け、

「殿、山田柿右衛門への支払い、よしなに頼むぞ」

がはははっと笑いかけた。

「はい……」

浮かない顔で盛義は矢代を見た。

「椿、適正な代金となるよう駆け引きを致せ」

矢代は平九郎に命じた。

「承知しました」

またも嫌な役割を担わされてしまった。

勘定方の役割ではないかと文句を言いたくなったが、胸の中に仕舞った。今回の一件で山田柿右衛門と繋がりを持った平九郎が適任と思われても仕方がない。

山田柿右衛門は、一触即発《いっしょくそくはつ》となった磯貝との間に立ってくれた。恰幅の良さと脂ぎった顔からして、押し出しの強そうな男であった。仕事はしっかりとやるだろう。算盤《そろばん》勘定も立つだろうが、四角四面に融通の利《き》かない手合いではなさそうである。柿右衛門の考え次第だが、大内家と長きに亘って商いを続けたいのなら、こちらの言い分も聞いてくれるのではないか。

ところが、そんな風に前向きになった平九郎に、

「山田柿右衛門、ありゃ、一癖、二癖もある一筋縄《ひとすじなわ》じゃいかねえ野郎だぜ」

佐川が水を差した。

一瞬にして胸に暗雲が立ち込める。

「佐川さん、柿右衛門をご存じなのですか」

「口を利いたことはねえが、評判は耳にするよ。あいつは、並みの男じゃねえな。あ

りゃな、一種の傑物《けつぶつ》だぜ」

佐川は指で顎を掻いた。

平九郎は柿右衛門について話の続きを求めた。佐川はうなずいてから、

「山田柿右衛門は、生まれは武士だったんだ。さる下級旗本の五男坊でな、葛飾村の庄屋に養子に出された。幼い頃から口達者で折衝事が得意だったそうだ」

柿右衛門は商才にも長《た》け、周囲の農家を束ね、大名屋敷の庭の手入れを行うようになった。もちろん、競争相手はいる。柿右衛門は競争相手よりも安い費用で優れた仕事ぶりをして、次第に大きくなっていった。

「なるほど、商いに長けておるのはわかるのですが、他の豪農たちも値《あたい》と仕事ぶりで引けをとらぬよう奮闘するのではありませぬか」

平九郎は抱いた疑問を佐川にぶつけた。

「その通り！」

佐川は扇子を拡げ、ひらひらと振った。

「では、柿右衛門の他の豪農たちとの違いは何ですか」

平九郎が畳み込むと、

「わからん」

あっけらかんと佐川は返した。

平九郎はぽかんとなった。

佐川は悪びれずに続けた。

「はっきりとはわからないが、こんな噂がある。柿右衛門は肝《きも》の据わった男だ」

これには平九郎もうなずいた。

実際のやり取りで平九郎も感じたことだ。

平九郎が得心したのを確かめ、佐川は語り始めた。

「柿右衛門は自分の屋敷で賭場《とば》を開帳した。賭場を任せる博徒《ばくと》たちを従えた。で、自分が出入りする大名屋敷に博徒たちを斡旋し、賭場を開帳させるようになったそうだ。自分も儲かる、大名も稼げるというわけだな。そうやって商いを拡げ、大きくなっていったらしいぜ」

「なるほど、一筋縄ではいかぬ男のようじゃのう」

盛清も不安を抱いたようだ。

佐川が盛清を見ると、

「気楽、おまえ、清正の手助けをしてやってくれ」

と、頼んだ。

「もちろんですよ。まあ、おれに任せてくださいな」

佐川は大乗り気である。

「気楽の手助けがあれば、清正も心強いであろう」

それで、盛清はうまくいくとでも思っているようだ。盛清もお気楽なものだと、平九郎は思った。

「おまえ、不満そうだな」

心中を見透かすように盛清は言った。

「そんなことはありません」

慌てて否定する。

「それならよいが、くれぐれも頼むぞ。わしの庭がかかっておるのじゃからな」

盛清は庭造りにのめり込み、すべてがそちらに向いてしまっている。こうなると、感心が薄れるまで、矢の催促がくるだろう。

「平さんよ、牛島のことは忘れて、しっかりやろうや」

佐川が言った。

「もちろんです」

平九郎も合わせた。

四

平九郎と磯貝が刃を交えた二十一日の昼下がりのことだった。

大内家上屋敷を後にした牛島庄次郎は、江戸市中に潜伏した後、向島の三囲稲荷《みめぐりいなり》の境内にやって来た。梅雨入り前の陽光が降り注ぎ、若葉が萌《も》え立っている。

境内の茶店に入ると、

「お疲れさまでしたな」

初老のでっぷりとした男が出迎えた。

「柿右衛門殿、いやあ、今回は少々参ったぞ」

牛島は苦笑し、縁台に腰かけた。

「しかし、牛島さまにはここらが潮時《しおどき》となってよかったと、手前は思いますがな」

柿右衛門は牛島と少し離れて縁台に腰を下ろすと、悠然と煙草を喫《きっ》した。白い煙が流れ消えてゆく。

「よく言うな。わしに危ない橋を渡らせおって。己は、高見の見物を決め込みおったではないか」

牛島が不満を漏らすと、

「そんなことはございませんぞ。それは心外ですな。わしは、柳田さまと大内さまの間を仲介致したのです」

悪びれることなく、柿右衛門は言った。その顔を見ていたが、

「食えぬ男だな」

牛島は鼻を鳴らした。

「牛島さまの御陰で大内さまのお仕事も引き受けられます」

「もちろん、その礼はもらうぞ」

牛島は言った。

「はい。まずは」

柿右衛門は紫の袱紗《ふくさ》包みを取り出した。牛島は袱紗包みを開く。二十五両を包んだ紙包み、すなわち切り餅が四つである。

「百両か」

牛島は呟いた。

「もちろん、これだけではございませぬぞ。何しろ、柳田家の職を辞して頂いたのですからな」

「それはそうだ」

期待の籠った目で牛島は返した。

「それと、今後の身の振り方でございますが」

柿右衛門は牛島に向いた。

「それだ。今後、いかにしようか。今更、武家奉公はできぬ。上方《かみがた》へでも行くか。しかし、悪銭《あくせん》身に付かず、百両などあっという間に散財してしまう。さすれば、食い詰め浪人じゃ」

前途を悲観し、牛島は渋面を作った。

「そこで、でございます。これからは、御武家さまの軛《くびき》を逃れたのだとお思いになって、一つ、楽しい生涯を送ってみてはいかがでしょうか」

思わせぶりな笑みを浮かべて柿右衛門は言った。

「何が言いたい、この狸《たぬき》めが」

牛島は警戒を示した。

「まあ、まずはゆるりとお身体を休めてくだされ」

柿右衛門は女中に酒の支度をさせた。

柿右衛門の酌《しゃく》で牛島は酒を飲み始めた。すると、疲れかすぐに酔った。強い睡魔に襲われ、縁台に身を横たえた。ぼんやりとした視界に柿右衛門のどす黒い笑顔が映った。

どれくらい寝ていたのだろう。

牛島が半身を起こすと、夜の帳《とばり》が下りていた。雲間に月が覗き、夜風が新緑の香を運んでくる。

柿右衛門がやって来て、向かいの縁台に座った。

「そなた、眠り薬を盛ったな」

牛島が抗議すると、

「休んで頂こうと思ったのです」

悪びれもせず、柿右衛門は認めた。尚も牛島が文句を言おうとするのを制し、

「大名屋敷を専門に盗みを働いておる、盗みの一党、真砂の五右衛門……」

柿右衛門はここで言葉を止めた。

「真砂の五右衛門がいかがした」

牛島はぎょっとした目をした。

「死にましたな」

柿右衛門は思わせぶりだ。

「何が言いたい。真砂の五右衛門は、大内屋敷に忍び込み、そこで、大内家中の者に斬られたのだ」

「それを手助けしたのは……」

柿右衛門はにんまりとした。

「何じゃ、怒っておるのか。いかにも、わしだ。わしはな、大内家中から真砂の五右衛門一味の仲間ではないかと疑われておったのだぞ。それに、一人の武士として、盗人相手にびびってしまったとあっては、武士にあらずだ」

牛島は自分の行いに胸を張った。

「いや、それでよいのです。真砂の五右衛門は、死んでおりません」

柿右衛門は確信に満ちた物言いをした。

「ふん、何を申す。読売がそんないい加減な記事を書きおったのか」

牛島は鼻白《はなじろ》んだ。

「読売のいい加減な記事ではなく、真砂の五右衛門は死んでおりません」

声を張り、柿右衛門は言い添えた。

「何じゃと」

いぶかしみ、牛島は見返す。

「真砂の五右衛門は生きております。そう……目の前に」

柿右衛門は目を凝らした。

一方、牛島の目は点となった。

次いで、

「まさか、おまえ……わしが真砂の五右衛門だと言いたいのか。冗談も大概《たいがい》にせいよ」

柿右衛門に恐れを抱いた。この豪農、そんじょそこらの武士よりもよほど肝が据わっているのだ。

「手前、言ってよい冗談と悪い冗談くらいはわかっております」

平然と牛島に言った。

「ならば、大真面目にわしが真砂の五右衛門だと申すのか」

牛島の方も真顔になった。

「正しく申しますれば、今日から真砂の五右衛門でございます」

柿右衛門は益々謎めいたことを言った。

困惑する牛島に、

「真砂の五右衛門を継いでくだされ」

厳《おごそ》かな口調で柿右衛門は頼んだ。

「柿右衛門、おまえ……」

牛島が目を見張ったところで、何処に潜んでいたのか、数人の男たちが現れた。全部で五人だ
月明りにほの白く浮かんだのは黒装束の一団であった。みな、腰には大小を帯びている。それが、彼らが武士であると示していた。しかも、中にはきちんと月代や髭を剃り上げている者もいた。

彼らは牛島と柿右衛門の周りに片膝をついた。

「柿右衛門……」

啞然と牛島は柿右衛門を見返した。

「今日から、あなたさまの配下になる者たちです」

柿右衛門の言葉を受け、みな、首《こうべ》を垂れた。すると、

「如月《きさらぎ》……」

牛島は一人の侍を見て絶句した。

柳田家、馬廻り役、如月掃部介《かもんのすけ》である。

牛島は知る由もないが、磯貝に無断で人数を頼み平九郎を襲った男だ。

そして、牛島が柳田家を出奔した際、一本松で待ち構え、背後から襲った卑怯者である。

「柿右衛門、どういうことだ。説明してくれ」

ある程度の想像はつくものの、自分の口から言い出すのは恐ろしい。

「何を隠そう真砂の五右衛門一味は我らなのですよ」

いずれも、柿右衛門が出入りする大名藩邸の者か、その縁の者だった。如月掃部介のように現役の大名家の家臣もいれば、御家を離れ、浪人となった者もいる。

「五右衛門は一番の使い手がなると、手前は決めております。平気で人を斬ることができるお方でなければ、頭領は務まりませぬからな」

柿右衛門は言ったが、

「いや、わしは、なるほど、腕には少々の覚えはある。だがな、盗みなど、働いたことはない。人には向き、不向きがある。わしは盗人には向いておらん」

牛島は冷笑を放った。

「この世に、生まれながらの盗人はおりませぬ」

柿右衛門が言うと、如月たちの間から笑いが漏れた。

「それはそうだが……」

牛島は目を凝らす。

「百両を摑み、その百両で余生を送るのですか。牛島さまは三十でしたな。人生五十年、二十年以上ございますぞ。悪銭身につかずと牛島さまも申されたではありませぬか。百両などは、よほど地道に使わねば、数年で使い果たすでしょうな」

柿右衛門に言われ、

「いかにも、その通りだ。だからといって、盗人になるなど……」

躊躇《ためら》いを示す牛島に、

「大金を摑みたいと思わないのですか。あなたさま、刀剣に目がないではありませぬか」

柿右衛門は迫った。

「いかにも、わしは業物《わざもの》、名刀が好きだ。殿が所持され、柳田家伝来の刀の手入れを任され、無上の喜びを感じた」

「あなたさまも、刀屋から気に入ったものを買っておられましたな」

柿右衛門はにんまりとした。

「そなたから金を融通してもらってな。しかし、買った刀はそっくり柳田家の武家長屋に置いてきた。武芸下手の武士を装うため、竹光を腰に差した。大内家に駆け込めと言ったのもそなたじゃ。大内家の大殿さまとは懇意にして頂いておるから、何かと融通が利くと……竹光を差して、御家を出奔、まこと情けなかった」

　牛島は失笑した。

「そのお気持ちはお察し致します。柳田家中で磯貝さまと並ぶほどの剣客と評判のあなたさまです」

「磯貝殿はわしなど歯牙《しが》にもかけなかったがな……殿の御前試合は上士と平士、別々に行われる。磯貝殿たち上士から見れば、わしたち平士などまことの武士にあらず、ということだ。平士がいくら武芸に励んだところで、武士の真似事をしておるだけ、などと冷ややかな目で見られておった」

　悔しそうに牛島は舌打ちをした。

「それは上辺《うわべ》のことです。内心では、牛島さまの腕を認めておられた、いや、恐れておられたのです。ですから、備前守さまの御前剣術試合は上士と平士を分けたのです。一緒であれば、牛島さまが上士方、特に馬廻り役の方々を打ちのめしてしまわれるでしょうからな。更には、磯貝さまご自身も牛島さまに不覚を取ってしまわれては、馬廻り役として立つ瀬がありませぬ」

牛島は同意を求めるように如月を見た。

如月は大きくうなずき、

「柿右衛門の申す通りじゃ。我ら馬廻りの者、そなたの剣を恐れておった。手合わせは避けたかった。殿の御前で負かされては、面目を失うからな。もっとも、磯貝殿は御自分の体面にかけて、そなたに負けるなど決して口には出さなかったがな」

如月も牛島の腕を賞賛した。

「磯貝殿は自分の方が勝っておると思っておられましょう。それに、馬廻りの方々も多少の腕が立つ程度にしか思ってはおられまい」

冷めた様子で牛島は返した。

「そんなことはござらぬ。それが証拠に、多人数で追手を掛けたではないか」

如月は反論した。

「それは、拙者の行方を捜すためであろう」

「それもあるが、そなたの腕を恐れてのことだ。実際、そなたをわしは背後から襲った。正面から斬りかかっては、返り討ちにされると思ってのことじゃ」

如月が言うと牛島は両目を大きく見開き、

「そうだった。如月殿が一本松の陰に潜んでおったのだ」

如月は悪かったと詫びてから、

「むろん、手加減は致した」

「ふん……如月殿、わしが一本松に至るのを先回りして待っておられたのか。それとも、磯貝殿は様々な場所に人数を展開されたのか」

この問いかけに如月は柿右衛門と顔を見合わせた。それを見て、

「そうか、柿右衛門に聞いたのだな。わしに大内家の屋敷に駆け込むよう勧めたのは、柿右衛門であった。如月殿はそれを柿右衛門に聞いて、一本松で待っておったのだな」

牛島の推測に如月は答えなかったが、否定もしなかった。

柿右衛門が話題を戻した。

「名刀、業物……牛島さまが差すにふさわしい刀が欲しいのでござりましょう。それには金がかかりますぞ。大金、不要でございますか」

「それは……欲しいに決まっておる」

牛島は認めた。

「どうせ、死ぬのは一度ですぞ。地獄に堕ちる覚悟があれば、一度きりの生涯、面白おかしく暮らしませぬか」

柿右衛門は言った。

それでも、牛島は渋った。

自分は武士なのだという誇りが捨てきれない。しかし、自分は御家を裏切ったのだ。犬畜生《いぬちくしょう》にも劣ると言ったらいいだろう。

やおら如月が、

「刀もさることながら、美佐殿が欲しいのではないのか」

と、笑みを投げかけた。

「な、何を」

牛島は目を剝《む》いた。

「今更、隠し立てはなさらなくとも、牛島殿が美佐殿にのぼせ上がっていたのは、家中で知らぬ者はないのですぞ」

如月は哄笑《こうしょう》を放った。

牛島は立ち上がり、如月の胸倉を摑んだ。

「貴様……」

激しく胸倉を揺さぶる。

如月は動ずることなく、

「恥ずかしいことではないですぞ。美佐殿の美しさは、衆目の認めるところ。拙者だって、美佐殿と夜伽《よとぎ》をする夢を何度見たことか」

「おのれ！」

牛島は拳で如月の顔面を殴った。

如月は転げた。

それを柿右衛門は冷ややかな目で見ている。

如月は起き上がり、

「美佐殿を奪えばよろしかろう。柳田藩邸からお宝と美佐殿を奪うのです」

と、不敵な笑みを浮かべた。

牛島は黙り込んだ。

「牛島さま、腹を括《くく》ってくだされ」

柿右衛門は誘った。

「牛島殿」

如月も言う。

肩で息をしていた牛島であったが、

「よし、柿右衛門、詳しい話を聞こう」

と、決意した。

一同は柿右衛門の家に場所を移した。

三囲稲荷の裏手に構えられた屋敷は豪壮なものだ。一万坪はあろうかという敷地を生垣が巡り、豪農らしく畑が設けられている。藁葺き屋根の建物がいくつも建ち並び、それらの奥に柿右衛門の住まいがあった。

農家とは思えない、檜《ひのき》造りの母屋は真新しい瓦が葺かれ、月光を弾いている。大きな池があり、周囲を築山、石灯籠《いしどうろう》、季節の花々が彩っていた。

牛島と柿右衛門、如月は小座敷に入り、他の者は大座敷で酒盛りを始めた。

床の間には青磁《せいじ》の壺、三幅対《さんぷくつい》の掛け軸が掛けられ、畳には毛氈《もうせん》が敷かれて、西洋机と椅子が置かれていた。部屋の隅には西洋鎧《よろい》が飾ってある。

「配下の者たちは、茶店にいた五人か」

牛島は確かめた。

柿右衛門は五人の名前を挙げた。現役の藩士二人、浪人が三人、いずれも、剣の腕は立つそうだ。

牛島は首を傾げながら、

「大内藩邸に押し入った者たち、もっと人数が多かったが」

「あれは、下っ端どもです。根っからの盗人ですな。中には錠前外しの達者な者、火薬を操るのに長けた者がおります」

「そいつらは、ここをねぐらにしておるのか」

「ねぐらにしておるだけではなく、昼間は働いてもおります」

つまり、山田柿右衛門の下で大名屋敷に出入りし、植木の手入れ、飼葉、屎尿《しにょう》の運搬、清掃などを行っているのだとか。

「出入りの大名藩邸を狙って盗みを働いておるとはな……」

牛島は鼻白んだ。

「みな、生き生きとして働いておりますぞ」

しれっと柿右衛門は言った。

「真砂の五右衛門といえば、駆け込みをやって、その屋敷の内情を把握するのであろう。大内藩邸に駆け込んだのは、わしだけではないか、いや、そう聞いているのだが、わし以外で駆け込んだ者がおるのか。それとも、大内家が偽りを申したのか」

牛島は疑問を呈した。

「いいえ、大内さまの御屋敷には駆け込みはしておりません」

柿右衛門は言った。

「どういうことだ」

牛島は首を捻る。

「あれは、偽りです」

柿右衛門は笑った。

「どういうことだ」

牛島は首を捻った。

「真砂の五右衛門は駆け込みによって大名藩邸の内部を探っておるというのは、世を欺くための流言なのです」

柿右衛門はからくりを打ち明けた。

「これは、何処までも人を食った男であるな」

牛島は舌を巻いた。

「牛島さま、早速ですが、一働きをお願いできませぬか」

柿右衛門は言った。

「構わぬが、何処かの大名屋敷か」

牛島は如月を見た。

如月はにんまりと笑う。

「賭場です」

柿右衛門はにたりとした。

「どういうことだ」

牛島はいぶかしんだ。

「腕慣らしでございます。まずは、盗人行為を存分に楽しんでください。さすれば、御自分が真砂の五右衛門であると自覚が持てます。それに、その賭場、目障りでございましてな」

柿右衛門が言うと、

「さようでござるぞ」

如月も勧めた。

牛島は納得したように薄笑いを浮かべた。

「そうか、あの噂は本当だったのだな」

「噂と申しますと」

「山田柿右衛門がのし上がったのは、賭場を開帳していたからだ、と。博徒を抱え込み、出入りの大名屋敷にも博徒を送って、賭場を営ませた。そなたにとって、不都合な賭場を潰せということだな」

「ご明察《めいさつ》の通りです。競争相手を潰すのは商いの常道でございます。牛島さま、乗り気になりませぬか」

悪びれることなく柿右衛門は認めた。

「今更、後戻りするつもりなどはない」

牛島は目を凝らした。

「その意気です。では、これに着替えて頂きましょうか」

柿右衛門は立ち上がり、襖を開けた。

隣室の衣紋掛《えもんか》けに派手な柄《がら》の着物が掛かっている。

「これは……」

牛島が言った。

「真砂の五右衛門の形《なり》でござりますよ」

「まるで、役者の衣装ではないか」

牛島は呆れた。

「着てくだされ」

柿右衛門は手を打ち鳴らした。

すぐに女中たちが入って来た。牛島の着替えを手伝う。

次いで、

「化粧もなされよ」

柿右衛門は勧めた。

「役者ではあるまいに、化粧など……」

牛島は抗《あらが》ったが、強引に化粧を施された。目張りを入れられ、眉を太く描かれ、口に紅を塗られた。更に、鬘《かつら》と付け髭も施された。

最後に手鏡を持たされた。

「まるで、石川五右衛門ではないか」

牛島は失笑した。

「まさしく、石川五右衛門でございますよ」

柿右衛門が言うと、

「よく、お似合いではございませぬか」

如月も言った。

「ならば、よろしくお願い致します」

柿右衛門は頭を下げた。

牛島と如月たち真砂の五右衛門一党は、桜餅で有名な長命寺《ちょうめいじ》近くにある賭場へとやって来た。そこは、向島一帯を縄張りとする博徒一家が仕切る賭場であった。

牛島は躊躇《ためら》いが生じた。

今更、後戻りなどできるはずはないことなど百も承知なのだが、やはり、盗人一味、しかも盗人の頭領となることへの躊躇いを感じてしまう。

それでも、

「いざ！」

如月が叫び立てる。

何事かと博徒たちが外に出て来た。

それを如月が斬り下げる。博徒の胸から鮮血が飛び散り、牛島の顔面に降りかかった。

「おのれ、汚らしい奴らめ」

牛島は猛然たる怒りに突き動かされ、刃を振るった。博徒たちは恐怖におののいた。

「殺せ、一人も逃がすな。我こそは真砂の五右衛門なり」

牛島は叫び立て、賭場へと斬り込んでいった。

たちまちにして阿鼻叫喚《あびきょうかん》の場と化した。

牛島は鬼の形相で刃を振るった。敵の首、手、足が飛び散った。

血に染まった牛島はこれで、真砂の五右衛門となったことを自覚した。

五

明くる二十二日の昼、平九郎は盛清のお供で向島にある山田柿右衛門の屋敷へとやって来た。さすがに豪農だけあって広々とした屋敷、屋敷内には広大な畑がある。

柿右衛門は盛清と平九郎を藁葺き屋根の農家に案内した。囲炉裏《いろり》が切ってあり、そこに岩魚《いわな》の串刺しがあった。

「おお、これはよいな」

盛清は上機嫌である。

「たまには、こうした鄙《ひな》びたおもてなしがよいのでは、と、勝手ながら用意致しました。幸いにして、お気に召したようで何よりでございます」

如才なく柿右衛門は言った。

「まさしく、その通りじゃ。いやあ、まこと、気が利くな」

盛清は鷹揚に返す。

切った竹に酒が入っている。岩魚の焼き物に加え、鯉《こい》の洗い、鯉こくが振舞われた。

「よい味わいじゃな」

盛清は舌鼓を打った。

竹の風味が加わった酒もよい味わいだ。

平九郎が、

「柿右衛門殿にはこたびは当家と柳田家の間を仲裁くださり、まことにありがとうございました」

「お役に立ててようございました。柳田さまの磯貝さま、いたく気を荒らげておられましたが、大丈夫でしたか」

柿右衛門は言った。

「ええ、お互い腹を割ることができましたのでな」

平九郎が言うと、

「それは何よりでございます」

柿右衛門は笑顔になった。

盛清が、

「それでな、費用についてだがな」

と、切り出した。

「さて、それは、しっかりとした庭造りにはそれなりの費用がかかりますからな」

柿右衛門は両目を見開いた。

すかさず、平九郎が半身を乗り出して言った。

「その費用だが、当家の者が雑務を手伝うことで、多少の値引きができると思うが……」

「お申し出、まことに痛み入りますが、普請は随分と進んでおります。今更、お手伝い頂かなくてもよろしいかと存じますぞ」

動ずることなく堂々と柿右衛門は拒絶した。尚も平九郎が食い下がろうとするのをやんわりと制し、

「大殿さま、真理園を凌駕する庭を造作致しましょう。目先の金にこだわってはなりませぬ。百年後も残る庭ですぞ」

と、盛清に向いた。

盛清は胸を張り、

「いかにもその通りじゃ。家臣どもは銭金にしか目がゆかぬ。椿、わしが承知をした

のじゃ。余計な口出しは致すな」

平九郎を責めた。

値切れと命じたのは大殿でしょうという不満を胸に仕舞い、

「余計なことを申しました」

平九郎は引き下がった。

盛清は改めて柿右衛門に、

「先だって聞いたのはざっと八百両ということであったが、それで大丈夫であるな」

と、念押しした。

「手前は百姓ですが、二言《にごん》はございません。畏れながら、大殿さまは、算段はつくと申しておられましたが……」

「ついた」

自信たっぷりに盛清は答えた。

平九郎は危ぶんだ。

大内家勘定方の「大殿さま勝手掛」は、八百両もの大金を予算に計上しているのだろうか。

すると、柿右衛門も案じたのか、

「大変に御無礼を申し上げますが、八百両を一括でお支払い頂かなくとも、何年か……そうですな、五年に分けてお支払い頂きましてもよろしゅうございますが……尚、利子は不要でございます」

柿右衛門の好意的な提案に盛清は感謝しつつも、

「気遣いには及ばぬ。八百両は庭普請が終わり次第、速《すみ》やかに支払う」

と、強く言い立てた。

盛清の約束は確かな根拠があってのことだと願うばかりだ。

そう、決して柿右衛門への見栄でないことを……。

「ところで、大殿さまが優れた目利きで購入さなった黄金《きん》の大黒像、下屋敷に移される件、いかがなりましたか」

柿右衛門から黄金の大黒像に話題が向けられ、盛清は一層機嫌がよくなった。

まず平九郎に、

「柿右衛門がな、黄金の大黒像、下屋敷の目玉にしてはと申したのだ。わしもな、大いに得心した。下屋敷にはな、これぞという目玉が必要じゃ。柳田家下屋敷真理園の鳴滝、夫婦松に負けぬものは、わしが見出した掘り出し物、黄金の大黒像じゃ。来年の今頃は、わが下屋敷は黄金の大黒屋敷と評判を取っておるじゃろう。わしはな、月のうち、何日かを定め、門を開いて町人どもにも見学させる。大勢の者が黄金の大黒像をありがたく拝み、優美なる屋敷の景観に息を呑む……そんな様子が瞼《まぶた》に浮かぶぞ」

饒舌に盛清は喜びを語ってから、

「安置する御堂を設けてもらったからには、今日にも移すぞ」

快く柿右衛門の問いに答えた盛清であったが、ふと顔を曇らせた。

「いかがなさいましたか」

柿右衛門が気遣うと、

「真理園の観音堂を思い出したのじゃ。楽斎殿の悲しみを思うと、浮かれておる場合ではないとな」

盛清は珍しくしんみりとなった。

「大殿さま、柳田家の真理姫さまは安らかにお眠りなのです。真理姫さまは和歌の名人であられたそうです。真理姫さまが一首詠みたくなるような庭を造りましょうぞ」

柿右衛門の言葉に、盛清の顔は晴れ晴れとなり、

「うむ、そなたの申す通りじゃ。真理殿が歌にしてくれる庭と致そうぞ」

と、平九郎を見た。平九郎は黙って首肯《しゅこう》した。

ところでと前置きしてから、

「大殿さまには断りが遅くなりましたが、火事に備え、御堂から御屋敷の外への抜け道を造作しております。何しろ、大事な大黒像でございますので……」

柿右衛門は報告が遅くなりましたと、詫びた。

「詫びずともよい。よく気がついた。さすがは、多くの大名屋敷庭園を手掛けておる柿右衛門じゃ」

盛清は柿右衛門への信頼を強めた。

平九郎と盛清が帰ってから、牛島が入れ替わるようにしてやって来た。

「大内の大殿さま、すっかり庭造りに夢中でございます」

柿右衛門はうれしそうに笑った。

「次は柳田家を狙うのか」

牛島は興奮を抑えられない様子である。如月に美佐殿を奪えと煽《あお》られ、すっかりその気になっている。

「そうですな。まずは、大内家でございます」

柿右衛門が言うと牛島は意外な顔をした。

「大内家には藩邸に踏み込んだではないか」

「下屋敷でございます。下屋敷に踏み込むのでございますよ」

うれしそうな顔で柿右衛門は言った。

「それはまた、いかなるわけだ」

牛島は首を捻った。

「このところ、大名屋敷の財宝を下屋敷に移すことが流行《はや》っております。このたび、下屋敷の庭造りに当たって、大内家の重要なお宝が下屋敷に移されます」

柿右衛門は言った。

「お宝とは何だ」

牛島は首を捻った。

「黄金の大黒像ですよ」

柿右衛門はにんまりとした。

次いで、

「大内さまの大殿、盛清公、家宝である大黒像を下屋敷に密かに移すことをお考えになりました」

柿右衛門はにんまりとした。

牛島は、

「柿右衛門、そなた、先だっての大内屋敷への押し込み、それを見込んでのことか」

あの時、真砂の五右衛門一党は金蔵ではなく、屋敷内にある御堂へと向かったのだ。わざと、黄金の大黒像を狙うと大内家に思わせるためだったのだ。

「盛清公、通称、相国殿というお方、多趣味といえば聞こえはよろしゅうございますが、移り気が激しい……かつて骨董に凝っておられたことがあったのです。その時、骨董市で手に入れたのが黄金の大黒像、周囲の者は贋物だと購入を止められたそうですが、相国殿はわしの目利きに間違いはないと、買い取られた。すると、これが正真正銘の黄金の大黒像、相国殿はすっかり得意がり、骨董にのめり込まれた……」

柿右衛門は言った。

のめり込んだが、それからは紛《まが》い物ばかりを摑まされるようになり、移り気の気性と相まって骨董に興味を失くし、黄金の大黒像も上屋敷に置いたままにしていたのだ。それを柿右衛門は下屋敷に移すよう意見した。

下屋敷の庭に黄金の大黒像を安置する祠《ほこら》を設ければ、箔《はく》がつくという柿右衛門の考えに盛清は乗ったのだった。

「おまえ、つくづく、恐ろしい男だな」

牛島は感心した。

「牛島さま、ですから、下屋敷です。下屋敷であれば、詳細に構造がわかります。ちなみに、手前は大内の大殿さまに御堂を新造するに当たり、抜け道を設けることを提案して了承されました。万一、火事になった場合、速やかに運び出せるようにと申し上げたのです。相国殿は受け入れられました。既に、普請にかかっておりますぞ」

「なるほど、抜け道を通れば、簡単に盗み出せるというわけだな」

牛島は納得した。

次いで、

「よし、一汗流してまいるとするか」

牛島はすっかり乗り気となって、部屋から出て行った。

牛島と入れ替わるようにして、今度は如月掃部介が入って来た。

「柿右衛門、うまくいっておるな」

如月は笑みを投げかけた。

「着々と、大内さまから大黒像を奪う手筈は整えておりますぞ」

柿右衛門が返すと、

「それもあるが、牛島を真砂の五右衛門に仕立てたことだ」

如月は言った。

「ああ、それは、如月さまも同じではございませんか。いや、如月さまの提案でございましたぞ。牛島さまこそが、五右衛門に適役であると」

柿右衛門に返され、

「そうだ。牛島のように一本気な男がよい。しかも、無双《むそう》の腕だしな。あいつが、五右衛門となって我らの犠牲になってくれれば、これに勝る都合はないぞ」

如月は腹を抱えて笑った。

「違いございません。我らの狙い通りのお方でございます」

「あいつも、まさか、こんなことになるなどとは思ってもおらんだろうがな」

ひひひと如月は笑った。

「お人が悪いですな」

柿右衛門はほくそ笑んだ。

平九郎と盛清は下屋敷に戻った。

庭掃除はなされ、普請が始まっている。その普請現場を盛清は楽しそうに見回った。

そして盛清のことである。

「そこをもっと、掃かぬか」

などと口うるさく注意をして回っている。すると、

「大殿」

と、声がかかった。

隠密の藤間源四郎《とうまげんしろう》である。

藤間は野良着姿で普請の者たちに混じっていた。

「おお、とんまか」

上機嫌に盛清は言う。

とんまとはいかにも盛清らしい辛辣な綽名《あだな》である。

しかし、藤間は不快がることもなく、

「真砂の五右衛門、生きておるそうですぞ」

と、報告した。

「それは、おかしいな。上屋敷に押し入りおって、清正の刀の錆《さび》になったのではなかったのか」

盛清は平九郎を見た。

「牛島殿の手助けにより、退治をしましたよ」

平九郎も首を捻った。

「それが、生きているようなのです。それどころか、向島の賭場に押し入り、博徒どもを悉《ことごと》く殺害し、賭場の金を持ち去ったとか」

藤間に教えられ、

「賭場に押し入ったのですか」

平九郎は首を捻る。

盛清も、

「真砂の五右衛門とは大名屋敷を専《もっぱ》らに押し込むのではなかったのか」

と、訊いた。

「そのはずなので、町奉行所や火盗改でも、どうしたことだと疑念を抱かれておるようです」

藤間は言った。

「真砂の五右衛門一党、やり口を変えたのかもしれぬな」

盛清が言うと、

「真砂の五右衛門の評判が立ち、大名屋敷は警戒を強めております。実際、先だっての寄り合いにおきまして、もっぱら話題となったのは真砂の五右衛門のことです。各藩邸ともに、警固は厳重となりました。また、その旨、御公儀にも伝えております」

幕府は柳の間詰めの大名たちの要望を受け、藩邸警固の強化を理解した。加えて、南北町奉行所、火盗改からも大名藩邸周囲の夜回りを行うこととなった。

「ですから、真砂の五右衛門一党は狙いを大名屋敷から賭場、商家に替えたのかもしれません」

平九郎の考えに、

「きっと、そうじゃ」

盛清は決めつけた。

「そうかもしれません。というのは、今回の真砂の五右衛門一党の仕業、はなはだ過激なものでして、まるで鬱憤《うっぷん》を晴らすような具合であったというのです」

藤間の言葉に、

「鬱憤晴らしか」

盛清は眉をひそめた。

「それは、実にむごたらしい殺しでして、これまでの押し入りよりもその凄惨《せいさん》さにおいて比類がないと」

藤間は言った。

「比類なしか」

盛清は笑った。

「わたしの手違いか……」

平九郎は責任を感じてしまった。

「どうした、清正」

気になってか盛清が訊いた。

「いえ、確かに五右衛門は斬ったのです。あれは、贋物だったのでしょうか」

平九郎の疑問に、

「きっと、そうであったのだ」

感心なさそうに盛清は首をぐりぐりと回した。

「あるいは、替え玉であったのかもしれませんな」

平九郎は言った。

するとと藤間が、

「そうかもしれませぬが、あるいは、別の者を五右衛門に仕立てておるのかもしれません」

と、考えを述べ立てた。

「仕立てる……」

平九郎は思案をした。

「そうじゃ、きっとそうじゃ」

盛清は言った。

藤間は続けた。

「真砂の五右衛門は、名乗る者が代わるのかもしれません」

「すると、真砂の五右衛門一党を退治するには」

平九郎は言葉を止めた。

「根こそぎ、退治することじゃな」

盛清はけろりと言った。

藤間も、

「それが、一番でございますな」

と、賛同した。

「なるほど、全てを退治ですか」

納得して平九郎が言うと、

「おい、清正、おまえ、五右衛門一党を退治しようなどという了見《りようけん》を起こしたのではあるまいな」

盛清はからかい気味に言った。

「わたしは、一党と関わったのです。できれば、この手でやっつけてやりたいものです」

そんなことはできまいと思いながらも平九郎は言った。

「清正らしいのう」

盛清は笑った。

第三章　直《なお》し問答

一

巷《ちまた》では、真砂の五右衛門一党の噂でもちきりであった。

二十五日の昼、平九郎は佐川に誘われて、芝大門《だいもん》にある寄席《よせ》へとやって来た。この時代、二百軒を超える寄席が江戸のそこかしこにあった。歌舞伎ほど木戸銭《きどせん》は高くなく、庶民でも気軽に出入りできるのが好まれている。

佐川に連れて来られたのは蕎麦屋の二階であった。二十人ほどの客を相手に、若手の噺家が落とし噺を披露した。

江戸っ子ならわかるくすぐりを髄所《ずいしょ》に入れているようで、笑いが起きているのだが平九郎は戸惑うばかりだ。

一人、笑えない自分が田舎者に思えてしまう。そうなると、劣等意識に苛《さいな》まれ、居心地が悪くなった。

お開きとなり外に出ると、

「無理に付き合わせて悪かったな」

佐川が気遣ってくれた。

「いえ、洒落《しゃれ》のわからないわたしが悪いんです」

平九郎が畏まると、

「落語聞くのに、良いも悪いもねえやな。面白いかつまらないか、だ。でもま、平さんには、わからない江戸っ子の倣《なら》いってもんがあるから、聞き込んだり、市井に溶け込むうちに面白く聞けるようになるさ。これに懲《こ》りずに通ったらいいさ。何にも気遣わず、腹を抱えて笑えば、気分がすっとするぜ」

佐川は快活に言った。

帰り道、佐川に誘われ、煮売り居酒屋に入った。昼八半《やつはん》とあって日輪は斜めに傾いているが、暮れてはいない。

「さて、おれは直しにしようかな」

佐川は言った。

「直し……」

平九郎はきょとんとした。

「おっと、平さん、直しを知らねえかい。ま、いいからやってみな」

佐川に勧められるまま、平九郎も直しを頼んだ。運ばれてくるまでの間、佐川は、直しについて教えてくれた。

「直しっていうのはな、上方《かみがた》では柳陰《やなぎかげ》って言うんだけど、焼酎《しょうちゅう》を味醂《みりん》で割った酒なんだ。焼酎の臭みが取れて、味醂の甘さと相まって飲み口がいいんだぜ。夏はな、井戸水で冷やして飲むとたまらんぞ」

佐川が相好《そうごう》を崩したところで、直しが運ばれて来た。五郎八茶碗《ごろはちぢゃわん》と呼ばれる粗末な瀬戸物の碗である。

平九郎は一口飲んだ。

なるほど、味醂のせいで口当たりがいい。焼酎独特の抵抗感もない。美味《うま》いから、ついごくごくと飲み干してしまい、お替わりをした。肴《さかな》は青菜である。

いかにも場末の安酒場といった取り合わせだが、不思議と居心地がいい。周囲の喧噪すらも酒の肴にぴったりだ。

「平さん、口当たりがいいからって調子に乗って飲んでいると、腰にくるから用心しなよ」

佐川に忠告され、なるほど、その通りだと心構えをした。

「しかし、佐川殿は世情に通じておられますね」

感心して言うと、

「暇だからな」

大口を開けて佐川は笑った。

ふと、

「ここ、安酒場と申されましたが……」

客層を見渡す。

すると、職人風の町人に混じって、侍たちも結構入っている。

「二本差しも結構いるって言いたいんだな」

佐川は言った。

「ええ、そうなのです」

平九郎は答えた。

「焼酎が飲めるということでな、九州の大名家の家臣たちが結構いるのだ」

佐川が答えたそばから、

「もっと、飲まんね」

などという九州訛《なま》りが耳に入り、

「あれは柳田家中の」

平九郎は磯貝との果し合いの場に加わった侍の顔を見つけた。名前は思い出せない。するると、その男と目が合った。男も平九郎に気づいた。平九郎は会釈を贈った。相手は渋面を作り、そっぽを向いた。

「平さん、歓迎されざる客のようだな」

佐川がからかいの言葉を投げてきた。

平九郎は肩をそびやかして直しを飲んだ。

すると、柳田家中の者が立ち上がってこちらに歩いて来た。

思わず平九郎は身構えた。

「柳田家中、大瀬圭吾《おおせけいご》と申す」

大瀬が一礼すると、平九郎も改めて名乗り、佐川を紹介した。

「同席させて頂きよろしゅうござるか」

大瀬は断りを入れた。

「どうぞ」

平九郎は席を勧めた。

大瀬は座ってから、

「先だっては卑怯な真似を致し、申し訳ござらぬ」

と、大瀬は詫びた。

「もう、済んだことでござる」

平九郎は返した。

「いや、これは言い訳になるが、あの時は頭に血が上ってしまい、見境《みさかい》がつかなくなってしまった。それゆえ、多数で貴殿を追うという、武士にあるまじき失態を演じてしまいました」

大瀬はよほど気が差したようで、繰り返し詫びた。

「おいおい、それくらいにしときな」

佐川が間に入った。

「そうですよ」

平九郎も、お構いなくと言い添えた。

すると、佐川は、

「柳田家中のみなさんかい」

と、大瀬が一緒に飲んでいた者たちを見やった。

「そうですが……」

大瀬は戸惑った。

「よし、せっかく顔が合ったんだ。一緒に、飲もうぜ」

と、気さくに声をかけた。

大瀬は遠慮する風であったが、

「差し支えなければ」

と、応じた。

「差し障りなんざ、あるわけがねえさ。酒飲みっていうのはね、飲んでいるうちに、仲良くなるもんさ」

佐川が言うと、大瀬は仲間を呼んだ。こちらを窺《うかが》っていた仲間も何事かとやって来た。

「おめえさんたち、直しをやってるんだろう」

佐川に確かめられ、そうですすと答えた。佐川が直しを頼み、仕切り直しとばかりに飲み始めた。

酒が入ると、口も解《ほぐ》れる。

話題は自然と牛島のことに及んだ。

「牛島は行方が知れねえってことかい」

佐川に言われ、

「わかりません」

大瀬は首を左右に振った。

「一体、どんなことをしたんだい」

佐川はずけずけと問いかけた。

「奴は、御家の金に手をつけたのです」

仲間の一人が言った。

大瀬が顔をしかめたが、酔いも手伝い仲間の口は止まらない。

「牛島殿、生真面目な男とお見受けしたが」

平九郎は言った。

「まさしく、牛島は真面目な男でした」

大瀬が答えた。

「その真面目な牛島殿が何故、藩の金に手をつけたのですか」

平九郎は首を捻った。

「牛島は刀剣に目がないのでございます」

大瀬の言葉に仲間たちがうなずく。

大瀬の話によると、牛島は刀にうるさく、藩主や柳田家伝来の刀の手入れや、出入りの商人から藩主用に刀を買い入れる役目を担っていた。

それは口うるさく、刀に対する蘊蓄《うんちく》を語るのが好きであったそうだ。

「そのうち、刀の魅力に引き込まれ、自分用の刀を買い求めるようになり申した。刀屋も牛島をいい客だと見定めたようで、掘り出し物と称して怪し気な刀を買い取らせるようになったのでござる」

それゆえ、牛島はいくつか贋物を摑まされたそうだ。それでも、牛島は刀を手に入れたがった。その結果、御家の金に手をつけることになった。

「加えて、山田柿右衛門から多額の賂を受け取るようになったのです」

大瀬の言葉に、

「それが、どうして発覚したのですか」

平九郎は疑問を返した。

「柿右衛門でござる。柿右衛門も辛抱たまらなくなったのでしょう。牛島にたかられていると磯貝殿に訴えたのでござる」

大瀬は言った。

牛島は刀剣類収集の費用を柿右衛門に求めたのだそうだ。

「磯貝殿の追及を受けた牛島は、程なくして御家を逐電《ちくでん》した次第。まこと柳田家の面汚しでござる」

顔をしかめ大瀬は牛島をなじった。

二

「事情はわかりましたが、わたしは牛島殿の肩を持ってしまいます。それは、多勢に無勢という、牛島殿の襲撃された状況にあります」

平九郎の言葉に大瀬たちは表情を引き締めた。

「それは、いかなることでござるか」

大瀬が問い返す。

「牛島殿は背中を斬られておりました。牛島殿は柳田家中にあって磯貝殿と並ぶ剣客、敵に背中を見せるとは思えませせぬ」

平九郎が言うと、

「つまり、椿殿は我らが卑怯にも牛島の背後から襲った、と言いたいのですな」

大瀬の顔は不快に歪んだ。

「違いますか」

「我らはそのような卑怯な真似は致さぬ」

大瀬は言い張った。

「しかし、実際、牛島殿は背中を斬られておりました。自分で傷つけられるような刀傷ではありませんでした」

平九郎は厳しい顔をした。

「しかし、我らは断じて……」

大瀬は仲間を見回した。

仲間もそんな卑怯な真似はしないと、強い眼差しで答えた。

「では、牛島殿は誰に斬られたのですか」

むっとしながら平九郎は問い直す。

「それは、存ぜぬ」

強い口調で大瀬は言い返した。

「ですが、実際に……」

平九郎はむっとした。

大瀬も断じてそのようなことはしていないと強い口調で言い張る。

ここで佐川が割り込んだ。

「まあ、そんな難しい顔で睨めっこなんかしているもんじゃねえよ」

さすがに大人気《おとなげ》ないと思い、平九郎と大瀬は表情を落ち着かせたものの、お互い理解し合えるものではない。

ここで佐川が、

「平さんも柳田家中のみなさん方も嘘を吐くような御仁とは思えない。ああ、そうだよ。だから、双方の言い分はもっともだし、それが真実ってわけだろうよ」

と、言った。

「そのような、いい加減なことを」

平九郎が顔をしかめると、

「言葉通りだ。双方ともに本当のことを言っているのだ。嘘を吐いておるわけではないんじゃないか」

佐川は例によって人を食ったようなことを言った。

平九郎も大瀬たちもきょとんとした。

すると、佐川は続けた。

「つまりだ、大瀬さんたち以外の者が牛島さんを斬ったのさ」

「我ら以外の者が牛島を斬ったということは、どういうことでござる。柳田家中の者ではない者が牛島を斬ったと……」

大瀬の疑念には答えずに佐川は平九郎に向かって言った。

「牛島が斬られたのは、大内藩邸の近くであったな」

「ええ、坂を下った一本松の辺りであったと申しておられました」

平九郎は答えた。

「牛島は一本松に到ったところで、背後から斬られたのだ。すると、相手は待ち伏せをしていたのかもしれないな」

佐川の言葉に大瀬たちは顔を見合わせた。

「我らが先回りをしておったことになりますが……」

首を捻る。

「そうだよ、待っていたんだよ」

佐川は語調を強めた。

「じゃあ、牛島殿を襲った者は、牛島殿が当家に駆け込むことを知っていたことになりますよ」

平九郎は益々混迷を深めた。

「だが、我ら、牛島が大内藩邸に向かったなど、その時まるで気づかなかった」

大瀬が言うと、仲間たちはそうだそうだというように首を縦に振った。

「じゃあ、どういうことか。一つ、推量してみようじゃねえか」

佐川は両手をこすり合わせてまるで楽しんでいるかのようだ。

大瀬が、

「追《お》い剝《は》ぎ、辻斬りの類にやられたのでは」

と、考えを口にしてから、偶々《たまたま》、辻斬りが一本松に潜み、そこへ牛島が通りかかるのを見てこれはよい獲物だと思って斬りかかったのではと、考えを述べ立てた。

佐川は、

「う〜ん、いい線いっているようだが、牛島が斬りかかられたのは朝であったな」

「そうでした」

平九郎が答えた。

「すると、辻斬りの類はおかしいな」

佐川に指摘され、

「ごもっとも」

大瀬たちはうなずいた。

ここで佐川が、

「貴殿ら、牛島さんが藩邸を逐電した時の様子を改めて語ってくれないかい」

平九郎もうなずく。

「ならば」

と、整理するように大瀬は一呼吸置いた。

大瀬が語るところによると、弥生九日の晩、磯貝が牛島を詰問した。藩の金の横領、山田からの訴えである。

「牛島は認めました。しかるべく処分を受けると、その時は覚悟を決めたのです」

その時、牛島の不正を明らかにすべく、柿右衛門も同席したのだそうだ。柿右衛門を前にして牛島は申し開きのしようがなく、すっかり観念をしたのだそうだ。

「明くる日の朝、牛島を蔵に閉じ込めておったのです」

牛島はその蔵から脱出した。

蔵には鍵をかけて、番の者も見張っていたが、番の者が目を離した隙《すき》に逃げ出したのだとか。

それで、慌てて後を追った。

「じゃあ、牛島さんが大内藩邸に駆け込んだなんて、よくわかったな。あの辺りは大名小路っていうくらいだから、大名藩邸が軒を連ねているんだ。その中から、大内藩邸に牛島が駆け込んだのは、偶々であったにしても、あんたら、よくわかったな」

改めて佐川はこの疑問を口にした。

「それは、運がよいことに、その後、柿右衛門が報せてくれたのでござる」

大瀬は言った。

「柿右衛門が」

佐川は首を捻る。

「柿右衛門は、あちらこちらの大名藩邸に植木職人やらなにやらを派遣しておりますので、配下の者が、牛島が大内藩邸に駆け込むのを見かけたそうなのです」

という大瀬の答えに、

「ふ〜ん」

佐川は顎を掻いた。

「柿右衛門は、何としても牛島を捕縛《ほばく》してくれと、申しました」

大瀬は言った。

「柿右衛門にしたら、代金を未払いにされたばかりか、賂を取られた牛島を処罰して欲しいと願うのは当然だな」

納得したように佐川はうなずいた。

「すると、一本松で牛島殿を襲った者が何者で、襲った動機ということが問題として残りましたな」

平九郎はみなに確認を求めた。

「違いないな、それにしても、平さん、馬鹿に拘《こだわ》るね」

佐川は言った。

「牛島殿は申されたのです。柳田家中の者に襲われた、と」

「だから、そうじゃなかったんだよ。柳田家中のみなさんは、牛島さんが大内藩邸に駆け込むなんて、思ってもみなかったんだ。だから、それは牛島さんの思い込みに違いないさ。柳田藩邸を逐電してきたんだ。牛島さんにしたらだ、逃げる自分を背後から斬りつける者を柳田家の追手と考えるのは当たり前なんじゃないか」

佐川の考えの通りかもしれない。

しかし、しっくりとこない。

それを佐川にぶつける。

「牛島殿は柳田家中で一、二を争う剣客であったのです。背後から斬りつけられるのは、いかにも不用心。一角《ひとかど》の剣客であれば、周囲に目配りをしているはず。ましてや、柳田家から追手をかけられているのです。襲撃を避けられないまでも、斬った相手を確かめるくらいはできたのではありませぬか……ああ、そうですよ。牛島殿はこう申されました。柳田家中の者に襲われた。追手がかかっております、と」

一本松坂を上った先にある大名藩邸は向こう正面で四軒、一本松で襲ったのが柳田家中の者なら、坂を上り、牛島が大内藩邸に駆け込んだのを見たはずだ。

「何故か、牛島殿を襲った者は、それ以上、牛島殿を追いかけようとしなかったのです。牛島殿が当家の屋敷に逃げ込むのを見たなら、駆け込みがあった直後に身柄の引き渡しを求めたはずです。あるいは、その場ではそうしなくとも、浦辺殿と磯貝殿が当家の屋敷を訪れた際に同道し、自分の目で見たのだと申したはずではございませぬか」

平九郎の推測に対し、

「なるほど、妙だな……強《し》いて、平さんの考えに異を唱えるなら、一本松の卑怯侍《ひきょう》は牛島さんを見失ったってことだな……しかし、そんなことは考えられないな。牛島さんは背中に傷を負った。追いついて、二の太刀を加えてもおかしくはない」

佐川も不審を抱き、大瀬を見た。

大瀬たちは困惑している。

それでも大瀬は返した。

「一本松で牛島を襲った者の心当たりなどござらぬ。牛島を斬ったなど、誰も申しませんでした」

「こりゃ、おかしいな。一本松の卑怯侍、柳田家中の者じゃないってことになるぜ。あ、そうなると、平さんが聞いた牛島さんの証言と矛盾《むじゅん》するか。牛島さんは、柳田家中の者に襲われたって言ったんだものな」

佐川も混迷を深めると、

「わたしの妙なこだわりかもしれませんが、どうしてもそこが気になるところです」

平九郎は重ねて疑問を強調した。

佐川は大瀬たちの考えを目で問うた。

「いや、今の今まで、深くは考えたことがありませんでした」

大瀬も同僚もとんと見当がつかないようだ。

「何かからくりがあるに違いねえよ」

佐川は言った。

「牛島殿の駆け込みには裏があるというのですね」

平九郎の言葉に佐川は首肯すると直しの替わりを頼んだ。

三

「裏でござるか」

大瀬は呟き、同僚らも重苦しい顔つきとなった。牛島の出奔は公金横領と山田柿右衛門からの収賄《しゅうわい》が発覚したためであり、牛島は大内家上屋敷に駆け込み、大内家は武家の定法により、牛島を匿い通し、路銀を与えて逃がした……。

さして珍しくはない、駆け込み騒動であり、柳田家の面目にかけて牛島庄次郎の行方を追い、成敗する、そうすれば一件落着だと、大瀬たちは微塵も疑っていなかったのだ。

「牛島さん、行方が知れないっていうのが気にかかるところだな」

当たり前のようなことを佐川は問題にした。

「江戸から出てはいないでしょうかね」

平九郎も言い添える。

大瀬が、

「当家より、御公儀に牛島探索の助勢をお願いしております」

品川《しながわ》、板橋《いたばし》、千住《せんじゅ》、新宿《しんじゅく》といった四宿《ししゅく》は目が光っている。併《あわ》せて南北町奉行所が定町廻《じょうまちまわ》り同心たちに市中巡回の際、牛島の行方を当たらせているそうだ。

しかし、牛島の行方は杳《よう》として知れない。

江戸は広い、一人の武士が身を隠す場所は数多《あまた》あるだろう。江戸を構成する武家地は七割、残り一割五分ずつが町人地と寺社地だ。江戸の一割五分にしか過ぎない町人地に五十万人もの町人が暮らしている。

一握りの分限者は大きな家に住むが、ほとんどは長屋暮らしである。向こう三軒、両隣、町人たちの近所付き合いは密接で、大家は長屋の住人の暮らしぶりに目を配っている。従って、新参者の入居には注意を払う。町奉行所の定町廻り同心たちは、各町の町年寄りから不審者の雑説を得ている。このため、お尋ね者、凶状持《きょうじょうも》ちの行方を把握しやすいのだ。

牛島も市中に隠れているとすれば、今頃、見つけ出されてもおかしくはない。ところが、南北町奉行所に問い合わせても、まったく足取りを摑めないということだ。

首を傾げていた佐川は、女中から直しの替わりを受け取ると、何かを言いかけて、やっぱりいいやと口を閉ざした。佐川らしからぬ優柔不断な態度は却《かえ》って気になってしまう。

「どうしたんですよ。佐川さんらしくない」

平九郎が責めるような口調で問いかけると、

「いや、ちょっとした思い付きなんだがな……やっぱり、やめとくよ」

佐川は右手をひらひらと振ったが、却ってみなの視線にさらされて、おもむろに話を続けた。

「いや、その、真砂の五右衛門一党なんだがな、先だって向島の賭場を襲っただろう」

「そうでしたな」

なんだそんなことかというように、大瀬は生返事《なま》をした。大瀬の気持ちを汲み取り、平九郎が代わって尋ねた。

「それがいかがしたのですか。真砂の五右衛門一党、大名屋敷が警戒厳重なので、狙い先を変えたのではないのでしょうか」

警戒を過度に厳重にしては、幕府から謀反と疑われるため、大名藩邸はそれほどには警固を厳しくしていないのだが、このところの真砂の五右衛門一党の盗みにより、そうも言っていられなくなっている。幕府も咎めたてたりはしない。

警固厳重となれば、真砂の五右衛門一党も無理して大名屋敷に押し入りはしないだろう。手っ取り早く、金を奪える先、日銭《ひぜに》が沢山《たくさん》ある賭場を狙ったとしても不思議はない。警固手薄といっても大名藩邸とあれば、手練《てだ》れの武士との刃傷沙汰を覚悟しているだろう。そんな彼らからすれば、博徒どもは御《ぎょ》しやすいはずだ。

実際、大内屋敷に押し入ってきた五右衛門一党の中には、武士もおり中々手強かった。牛島の助勢がなければ、平九郎も手傷を負ったかもしれない。

「そうも考えられるのだがな、おれが言いたいのは、牛島さんと真砂の五右衛門の関係なんだ」

佐川はみなを見回した。

「まさか、牛島殿が五右衛門一党に加わったとでも、お考えなのですか」

平九郎は苦笑混じりに問いかけた。突飛《とっぴ》な考えだ。牛島は頭目《とうもく》たる五右衛門を斬ったのだ。その凄まじい斬撃は、平九郎の脳裏にくっきりと刻まれている。

「いや、その、まさかだよ」

開き直ったのか、佐川らしい堂々とした物言いとなった。

「また、冗談を」

平九郎は一笑に伏して大瀬たちを見た。大瀬たちは顔を見合わせ、口を閉ざしてしまった。平九郎と同じく、相手にできない妄想だと思っているのだが、佐川がれっきとした直参旗本であるがゆえ、笑うわけにはいかずどう対処していいのか当惑しているのだ。

「夢でも見ているんじゃやねえかって、思っていなさるかもしれませんがね、牛島庄次郎って男についてとっくり考えてみてくださいな、ねえ、大瀬さん」

大真面目に佐川は問いかけた。

こう言われては大瀬もいい加減な返事はできないと、同僚たちとやり取りを始めた。それを平九郎と佐川はじっと待つ。その間、

「平さんよ、おれは勘はいいんだ。案外、牛島って男にはな、盗人一味に加わる素地ってもんがある気がするぜ」

すると大瀬が話を始めた。

「牛島に盗人の素地があるかどうかはわかりませぬ。拙者らが気にかかったのは、真砂の五右衛門一党が向島の賭場を襲った様子です。それは無残なものだったとか。博徒や賭場の客が悉く斬殺され、血の海であったそうですな。先ほど申しましたように、

牛島は刀剣類には目がありませんでした。加えて、試し斬りをよくやっておったのです。ですから、盗人の素地は不明ですが、刃傷沙汰に関しては……もっと、申せば、人を斬るということには深い素地があったのではと……」

大瀬によると、柳田家伝来の名刀を試し斬りするため、家中での罪人、死罪となった者の胴を割ったり、野良犬を斬っていたそうだ。牛島があまりに犬を斬るため、下屋敷周辺から野良犬がいなくなったのだとか。

「用務方の者から耳にしたのですが、庭掃除に雇われた百姓どもが、牛島と酒を酌み交わした時、一度でいいから生きた人を斬ってみたいと、牛島が言ったのを聞き、薄気味悪がって早々に辞めたということもありました」

大瀬の言葉に同僚たちもうなずいた。

佐川は平九郎にどう思うと尋ねた。

「まるで血に飢えた悪鬼ですね。わたしは、牛島殿はいたって温和な御仁という印象を抱きましたが……真砂の五右衛門一党が押し入ってきた晩、牛島殿は我らに助勢してくださいました。真剣を手にした時の、牛島殿の目は尋常ではありませんでしたな。何かに憑《つ》かれたような異様な目つきで、そう、人が変わったように盗人どもを次々と斬り伏せられました。盗人どもは怯え、逃げ出す者が続出しました。牛島殿はそれを追いかけ、命乞いする者も容赦なく、斬って捨てました」

語るうちに平九郎は、身体中の血が熱くなった。

佐川が乾いた口調で言った。

「こりゃ、ひょっとしたらひょっとするぜ。牛島は真砂の五右衛門一党に加わったのかもしれねえよ」

大瀬たちは暗い顔でうなずいたものの、半信半疑だ。いくら、御家を出奔した者であっても、盗人一味に加わったとは信じたくないのかもしれない。

平九郎もどうして信じられない。

「佐川さんに異を唱えるつもりはありませんが、牛島殿が人を斬るのを楽しむかのような所業をしたからといって、そして、真砂の五右衛門一党が押し入り先の賭場で無残な刃傷沙汰を働いたといっても、それで牛島殿が五右衛門一党に加わったと考えるのは早計だと思います。何か証《あかし》がないことには」

「そりゃ、そうだ」

佐川も持論を押し付けるには根拠が弱いと自覚しているようだ。

平九郎はふと、

「繰り返しますが、わたしは一本松に潜んでいた侍が気になります」

と、言った。

四
「それだな」

佐川も両手を打って賛同する。その上で、

「心当たりねえかな」

と、改めて大瀬たちに問いかけた。

大瀬は同僚たちに問いかけた。

「如月は何処に配置されたのだったかな」

同僚の一人が、

「芝神明宮《しばしんめいぐう》であったはずだ……」

と、曖昧に言葉尻が濁った。

大瀬は平九郎と佐川に向いて、

「磯貝殿は我ら追手を四組に分けました」

追手は十二人、従って三人で一組となり、品川方向、増上寺方向、神明宮方向、愛宕権現方向に向かった。

「そのうち、如月という者が神明宮方向に向かったのです」

大瀬は言ってから、「中村《なかむら》」と同僚を見た。

「拙者とこの中村も神明宮に向かったのです。磯貝殿から、如月が先に行っているから、拙者も行くよう命じられたのです」

大瀬と中村は急いで神明宮に向かった。

ところが、如月はいない。それでも、探すのは如月ではなく牛島であると思い、牛島を探し廻った。

四半時ほどして如月が現れた。厠《かわや》を探し、道に迷ったということだった。

「他の者は三人一組で配置先に向かいました」

大瀬の言葉を受け、

「するってえと、如月って御仁だけがはぐれていたってことか」

佐川は言った。

「如月殿とはどのようなお方なのですか」

平九郎が確かめる。

「口数の少ない男です。あまり、同僚と交わろうとはしません」

大瀬が答えると同僚たちもうなずく。

如月は、歳は三十五歳、馬廻り役としては年長の部類に入る。馬廻り役だけあって、剣の腕は立つが、それほど稽古熱心ではない。どちらかというと、上屋敷ではなく、下屋敷に詰めている。

「如月には、ちょっとした噂がございます」

大瀬が言った。

「ほう、どんなこったい」

佐川が興味を示した。

「博打好きだというのです」

と、答えてから、くれぐれも内聞《ないぶん》に願いたい、と強調して大瀬は話を続けた。

「如月は下屋敷詰めをいいことに、夜に下屋敷をそっと抜け出し、賭場へ行っているというのです」

「そんなに博打が好きなのかい」

佐川はにんまりとした。

「そのようですな」

ばつが悪そうに大瀬は答える。

「山田柿右衛門、出入りの大名屋敷で博徒の斡旋《あっせん》もやっているそうじゃないか」

佐川が問いかけると大瀬たちは沈黙した。

「他言無用だ。そんなこと、言いっこなしだよ。それより、そんな博打好きなら、如月は下屋敷で開帳されている賭場に顔を出しているんじゃないのかい」

佐川の疑問に、

「下屋敷で賭場が開帳されておる時には、そこに入り浸っておったようですが、開帳されていない時には方々の賭場にまで足を延ばしていたそうです」

大瀬は答えた。

「よほど、博打に嵌《はま》っていたんだな」

佐川は言った。

「如月という御仁、要注意ですね」

平九郎が言うと、

「如月が今回の駆け込みに関わっておるのでしょうか」

大瀬は不安を感じたようだ。

「これは、まったくのわたしの考えです。何ら根拠も証もないただの想像ですが」

平九郎は慎重に前置きをした。

大瀬たちは平九郎の考えに身構えた。自分たちも同じ考えを抱いているのだろう。

「一本松に潜んでいた侍は如月だったのではありませぬか。としますと、如月は牛島殿が一本松坂を上るのを知っていたことになります。どうして、知っていたのでしょうか」

平九郎の疑問に、

「牛島さんと示し合わせていたってのはどうだい。一本松坂の方では牛島さんを見かけなかったと、磯貝さんに報告するつもりだった」

佐川は答えてから、

「いや、違うな。それだと、わざわざ、背中から斬る必要はないものな」

と、自分の考えを否定した。

平九郎は続けた。

「大瀬さんたちに牛島殿が大内屋敷に駆け込んだと報せたのは山田柿右衛門でしたね」

平九郎が念押しをすると、

「いかにも」

大瀬はうなずく。

「如月は柿右衛門から聞いたのではありませぬか」

平九郎が言うと、

「それに違いない。柿右衛門と如月は賭場で懇意になったってことかもしれぬぞ」

佐川が推論した。

「それはどうでござろう」

大瀬は首を捻る。

「言ってみな」

佐川は促した。

「柿右衛門は牛島が大内屋敷に駆け込んだのを知ったのは、雇っておる庭師の証言によってです。つまり、牛島が駆け込んだ後に知ったのです。しかるに、如月に牛島が大内屋敷に向かうと教えたとしたら、あらかじめ牛島が大内屋敷に駆け込むのを知っておったことになります。それはいかにも妙ですな」

大瀬の疑問はもっともだ。

平九郎が、

「すると、考えられることは一つですね。山田柿右衛門と牛島殿は実は裏で繋がっていた……のではござらぬか」

たちまち佐川が、

「それなら、柿右衛門が牛島さんを収賄で訴えたっていうのも、何らかの意図があってのことなのかい」

これには大瀬が、

「牛島は賄賂を受け取っておることが発覚する前に、公金横領が疑われておりました。藩庁が横領の是非を問おうとしたところで、柿右衛門が賄賂を受け取っておると訴えたのです」

「やはり、柿右衛門と牛島殿は裏で繋がっていたのではありませぬか。それで、柿右衛門は牛島殿が大内屋敷に駆け込むのを知っていた。そして、如月に柿右衛門は大内屋敷に到る一本松坂で待ち構えるよう言った、ということでは」

「平さんの考えにおれも賛同するが、牛島さんはどうして大内屋敷に駆け込もうとしたのだろうな。それに、如月が牛島さんを斬ったのもわからねえ」

佐川の疑問は謎を深めた。

「確かに妙ですね」

平九郎も真剣に考え込む。

佐川が、

「大瀬さんよ、牛島さんは大内家と何か繋がりがあったのかい」

「いいえ、ないと思います」

　大瀬が即答すると中村が続けて、

「牛島は他家との交流はまずなかったと思います」

　と、言い添えた。

「じゃあ、どうして牛島さんは大内屋敷に駆け込んだんだろうな。平さん、牛島さんが駆け込んで来てからの経緯をもう一度、思い出してみたらどうだい」

　佐川は顎を掻いた。

　平九郎はうなずき、

「まず、傷の手当をし、安静にするよう求めました。その日のうちに、柳田家の用人浦辺殿が参られ、大殿から当家の下屋敷の庭造りを行う者として葛飾村の豪農山田柿右衛門を紹介する旨、申し越されました。その翌日、磯貝殿が浦辺殿と来訪なさり、牛島殿の引き渡しを求めたのです」

　平九郎は牛島が大内屋敷に駆け込んでなどいないと言い、牛島には傷が癒えるまで屋敷にいるよう言った。

「それから、三日後、牛島殿の傷が癒え、夜陰に紛れて屋敷を出ることになったのです。すると、そこに真砂の五右衛門一党が押し入ってきました。幸いにして、牛島殿の助勢で追い払うことができました」

「そうだったな、で、真砂の五右衛門一党は金蔵ではなく、御堂を狙ったんだったな。ということは、五右衛門一党は相国殿が買った黄金の大黒像が御堂にあると知っていたことになる」

佐川は思案を巡らせた。

「そういえばそうですね。五右衛門は黄金の大黒像が上屋敷の御堂にあるのを知っていた。どうして知ったのでしょうか。牛島殿だって、まず、あの部屋と厠以外は屋敷内をうろつくなどしておりませんよ」

平九郎は次から次へと生じる疑問に頭を抱えた。

「では、どうして知ったのだろうな。出入りの商人に五右衛門が密偵を忍ばせたのだろうかな。そう考えるのが順当だが」

佐川は言った。

「いや、それも考えにくいですね」

平九郎は首を捻る。

「出入り商人はみな信用が置けるってことかい」

「それもありますが、そもそも、黄金の大黒像の存在、忘れられていましたからね」

平九郎は言った。

五

「そうかい。おれは相国殿から自慢たっぷりに聞かされていたんだがな」

佐川は笑った。

「それは、いつ頃ですか」

平九郎が聞く。

「そうさなあ……相国殿が骨董に凝っておられた頃だから、まあ、一年前か。その時は下屋敷にあったんだ。買い集めた骨董の品々と一緒に立派な安置小屋を建ててな、そこに陳列してあった」

佐川によると、しばらくは骨董品集めに没頭していた盛清であったが、あまりにも贋物を掴まされ、骨董への情熱を失った。

「すると、相国殿、今度は茶道に凝り出してな、釜だの茶器だの茶の道具はもちろん、侘《わ》び寂《さ》びの世界に耽溺したんだ。茶道の歴史を調べ、千利休《せんのりきゅう》を尊敬し始めた。すると、きんきらきんの黄金を醜いと言い出した。太閤秀吉《たいこうひでよし》の黄金の茶室を成り上がり者ゆえに生み出された醜悪なものと、罵《ののし》った」

盛清は金色に輝く黄金の大黒像が目障りになった。それで上屋敷に移した。上屋敷では、かりにも仏像ゆえ、土蔵の片隅に置くと罰が当たるということで、盛清は安置する御堂を造らせた。

そして、そのうち、忘れ去られてしまったのだった。忘れ去ったのだから、罰があたるも何もないのだが、そこは盛清のことだ。その場の思い付きで御堂を建てよと命じたのだろう。

「大内家中でも忘れられた黄金の大黒像、どうして、真砂の五右衛門は知っていたのでしょうね」

平九郎は疑問に感じた。

「わからぬな。牛島さんが知っているはずもなしだ。牛島さんが黄金の大黒像の安置場所を探るために、大内屋敷に駆け込んだのではないとすると……」

佐川がここまで言った時、

「柿右衛門が知っていたのではないでしょうか」

平九郎は推測した。

「相国殿は庭造りに没頭中だ。庭をいかに飾り立てるかを相談するうちに、黄金の大黒像を柿右衛門に教えたのかもしれぬな」

佐川も賛同した。

ここで平九郎は思い出した。

「そうでした。いや、わたしとしたことが迂闊《うかつ》です。先だって、大殿と柿右衛門の屋敷を訪れたのです。その時、大殿と柿右衛門は大黒像について話題にしておりました」

平九郎は柿右衛門屋敷訪問の際の盛清と柿右衛門のやり取りを語った。盛清は下屋敷の庭造りに際して、目玉として大黒像を安置することを柿右衛門に話していた。上屋敷から下屋敷に移すのは柿右衛門に勧められてのことだ。つまり、柿右衛門は大黒像が上屋敷にあったのを知っていたのだ。

「柿右衛門が、大黒像が大内家上屋敷にあることを如何《いか》にして知ったのかは不明ですが、下屋敷に移すよう助言したのは事実。となりますと、柿右衛門は真砂の五右衛門と繋がりがあるのかもしれませぬ」

平九郎の推察に、大瀬たちが色めき立った。

「如月も五右衛門一党に加わっているかもしれませぬな」

　中村が声を大きくした。

　佐川がにんまりとし、

「これで、ぼんやりとだが絵図が浮かんできたぜ」

　と、うれしそうに両手をこすり合わせた。

　それから、

「今回の駆け込みの裏で糸を引くのは山田柿右衛門だ」

　佐川が結論づけると、

「わたしもそう思います」

　平九郎も賛同した。

「柿右衛門は牛島さんを柳田家から出奔させ、大内家に駆け込むよう言った。牛島さんに黄金の大黒像の在処《ありか》を探らせるためだ。そのため、すぐには大内屋敷から出られないよう、如月に頼んで怪我を負わせた。と、まあ、ここまではいいが、問題は牛島さんが座敷から一歩も出た形跡がないってことだ。すると、五右衛門一党はどうやって黄金の大黒像の所在を知ったのだろう」

「安置場所も大殿から柿右衛門が聞いたのではありませんか」

　平九郎の推論に佐川は、

「それは相国殿に確かめればわかるが、おれの勘では相国殿は柿右衛門に大黒像の安置場所までは話していないと思うぞ」

「どうしてですか」

「相国殿、関心がなくなったら、もう、興味を失ってな、どうなっても知らんというお方だ」

佐川は笑った。

「確かに」

平九郎もうなずく。

盛清にとっては誉め言葉ではないため、大瀬たちは沈黙している。

平九郎が改めて疑問を呈した。

「先ほども申しましたが、上屋敷における大黒像の安置場所もさることながら、そもそも、大黒像を大殿が買ったのを柿右衛門はどうやって知ったのでしょう」

「相国殿は、一月《ひとつき》ほど前、大黒像を上野の骨董市で購入なさった。柿右衛門が相国殿と親しくなったのは、柳田家下屋敷に相国殿が招かれて、庭造りを思い立ってからだ。うがった見方かもしれぬが、大黒像を狙って相国殿に近づいたのかもしれぬな」

佐川の考えに、

「佐川さんの推論が正しいなら、柿右衛門は骨董市に大黒像が出品され、尚且《か》つ、それを大殿が買い取られたのを知っていたことになります。わたしは骨董に無関心ですからよくわかりませぬが、骨董好きにとって骨董市は掘り出し物を探す場ではないのではないでしょうか。これと目をつけた名品ならば、贔屓《ひいき》にしている骨董屋で買う、あるいは骨董屋に探させるものと存じます」

「平さんの言う通りだ。大体、骨董市っていうのは、売れない骨董品の在庫を処分するために出品するものだよ。相国殿が買い求めた骨董屋が何処の誰かはわからないが、その骨董屋にとってそれほどの逸品じゃなかったんじゃないか。逸品なら贔屓客に紹介し、贔屓客が気に入れば買ったはずだ」

佐川は黄金の大黒像は胡散臭《うさんくさ》いと言い添えた。

「佐川さんが申されましたように、値打ちがないのかもしれませんが、柿右衛門は執着したのです。ですから、それなりの値打ちがあるのではないでしょうか」

平九郎が異を唱えると、

「それもそうか……柿右衛門は探していたんだろうな。で、上野の骨董市に出品されているのを知り、買い取ろうとした。ところが、相国殿に先を越された。でもって、相国殿から奪おうと、真砂の五右衛門一党を大内家上屋敷に押し入らせた……」

語ってから佐川は、それはおかしいと呟いた。平九郎も疑念を呈する。

「大殿が大黒像を買った場に柿右衛門が居合わせたというのは、偶然に過ぎますし、どうしても欲しいのなら、大殿から買えばいいと思います。骨董に凝っておられた頃の大殿であれば、売ることはなさらなかったと思いますが、少なくともやりとりはあったはずです。しかし、柿右衛門が大殿と知り合ったのは一月《ひとつき》前です。加えて、一年も経ってから大黒像を奪いにくるというのもおかしいですね」

「平さんの言う通りだぜ。そうなると、やはり、柿右衛門は大黒像の在処《ありか》を探って、相国殿に辿り着いた……で、相国殿に近づき、庭造りに事寄せて大黒像が大内家上屋敷の御堂に安置されるのを知ったってことだな」

佐川が断ずると、大瀬たちは息を漏らした。次いで中村が、

「山田柿右衛門、相当な分限者でござる。そんな柿右衛門が執着する黄金の大黒像、よもや、紛い物ではないと存じます。となりますと、大きさにもよりますが、金の塊でしょうか。つまり、大きな金塊と解釈することもできるのでしょうか」

佐川がどうなんだいと平九郎に答えを求める。

「高さは台座も入れて三尺ほどです。ですが、金の塊ではありませぬ。持ってみたのですが、金塊であればもっと重かったはずです。木像でしょう。京の都の金閣《きんかく》のよう

に金箔《きんぱく》を押したか南都東大寺《とうだいじ》の大仏のように鍍金したものでしょう」

平九郎が答えたところで、

「いくら相国殿だって、金の塊か金箔、鍍金かくらいはわかる。それに、金塊を骨董市に出品はしないだろう」

佐川が笑うと中村が首を傾げ疑念を蒸し返した。

「ならば、柿右衛門ほどの分限者が目の色を変えて大黒像を奪おうという理由がわかりませぬ」

平九郎も答えられない。

佐川にも見当がつかないようだったが、想像力逞しい佐川ゆえ、推論を披露した。

「まず、実際問題として考えられるのは、柿右衛門は大黒さまを深く信心しているということだ。なにしろ、大黒さまといやあ、商い繁盛だからな。柿右衛門にとっては、商い繁盛になくてはならない神さまだ。柿右衛門の屋敷には大黒像が沢山あるのじゃないか。平さん、相国殿と柿右衛門の屋敷を訪れた時、気が付かなかったかい」

「大殿にお供した時は、百姓家風の建家でもてなされました。途中、広い庭を横切りましたが、特に大黒像は見かけませんでした」

平九郎が否定すると、

「拙者も柿右衛門が大黒を深く信心しておると聞いたことはないですな」

大瀬も言い添えた。

佐川はうなずき、

「そうだ……きっと、黄金の大黒像には莫大なお宝の在処を記した絵図が隠されておるのだよ。そうだそうだ。きっとそうに違いない。柿右衛門も咽喉《のど》から手を出したくなるほどのお宝の山が記されているのだ。平さん、大殿にそのことを言って、大黒像を調べさせてもらえ。こりゃ、ひょっとして、大内家は当分台所の心配をしなくていいかもしれないぞ。おれの駄賃も増えるってもんだ」

捕らぬ狸の皮算用というよりは妄想に駆られてはしゃぐ佐川を、大瀬たちは半信半疑で見ている。平九郎が、

「もし、財宝の在処を記した絵図があったとしまして、財宝を見つけ出します。すると、それは大内家のものとなるのでしょうか」

佐川は笑顔を引っ込め、

「平さん、四角四面に物事を考え過ぎだ。相国殿は金を出して大黒像を買ったのだ。大黒像の中身も買ったことになる。つまり、財宝ごと買ったんだよ。相国殿は運の良いお方ゆえ、財宝の絵図、おれはあると思うぞ」

と、自信満々に言った。

それ以上は反論を平九郎はしなかった。

話に夢中になり、いつの間にか日が暮れていた。

第四章　黄金《きん》の大黒像

一

明くる二十六日の昼、平九郎は下屋敷にやって来た。

今日はあいにくの雨とあって、庭の普請は行われていない。それでも、盛清は東屋にあって、庭を検分している。理想とする庭の完成を脳裏に描いているようだ。

平九郎がやって来ると、

「おお、清正、よう来たな」

上機嫌で迎えてくれた。

丁寧に挨拶をしてから東屋に入った。

池の面に雨が矢のように降り刺さり、さざ波に揺れている。

「楽しみなことでございますな」

平九郎も庭を眺めつつ言った。

「うむ、そうじゃな」

盛清は両手をこすり合わせた。

「こちらに黄金の大黒像を運ばせましたな」

平九郎が言うと盛清は顔をしかめ、

「まったく、おまえたち上屋敷の者どもの不信心には呆れる思いじゃ。そんな様ゆえ、真砂の五右衛門一党などという盗人どもに忍び込まれたのじゃ。盛義にもよく申しておけ。不信心は政《まつりごと》を傾ける。民を苦しめることになるとな」

立て板に水で捲《まく》し立てた。

佐川の饒舌も時に辟易《へきえき》とするが、それでも聞く者を楽しませようという佐川なりの善意と親切心に溢れている。しかし、盛清の場合、自分の鬱憤を晴らそうとしての長《ちょう》広舌《こうぜつ》だ。

もっとも、盛清は憎めない。口は悪いが表裏がなく、誰とでも分け隔てなく接するからだ。現に下屋敷の奉公人、出入り商人、職人、普請に携わる者にも気さくに声をかけ、気に入らないと癇癪《かんしゃく》をぶつける。叱責された者は委縮するが、お咎めがあるわけではない。それに、叱責以上に誉めること度々《たびたび》で、気が向くと菓子などを与える。表裏なき大殿さまに好感を抱く者は多いのだ。

そんな盛清に対し、平九郎は大殿だって忘れておられたではありませぬか、という不満を内心で言いつつ、

「畏れ入りましてございます」

と、詫びを入れた。

盛清は続ける。

「もっともな、大黒の霊験《れいげん》により、仏罰《ぶつばつ》は五右衛門たちに下ったのじゃ。やはり、わしのように信心深い者にお味方してくださるのじゃ」

「ごもっともでございます」

平九郎が答えると盛清は誇らしげに、

「わしが大黒像を上屋敷に移したからこそ、上屋敷は守られたとも申せる。そうでなかったら、五右衛門どもらに千両箱をごっそり盗まれるところであったぞ。わしはな、こんなこともあろうかと、先手を打っておいたのじゃ。何事も起きてから備えるのでは遅い。前もって予測し、手筈を調えておくのが為政者というものじゃぞ」

と言ったのだが、平九郎は違和感を抱いた。

「あの……」

盛清の顔色を窺い、声をかける。

「何じゃ、異議でもあるのか」

言葉とは裏腹に、盛清は決して不機嫌ではないようだ。

「異議ではございませぬ。疑念でございます。千両箱は金蔵に仕舞ってございます。御堂にはございませぬが」

平九郎が疑念を呈すると、盛清は、「しまった」と右手で額を打ち平九郎を見返した。

「ま、よいか。話をすべきか躊躇《ためら》っていたが、どのみち、庭の造作がなったなら、柿右衛門への支払いがあるからな」

と、ぶつぶつと前置きをしてから打ち明けた。

「御堂に木箱があったであろう」

「はい。御堂の隅にいくつか積んでありました。大殿が収集された稀覯本《きこうぼん》が納められていると聞いたことがございます」

嵐の中、御堂の中で真砂の五右衛門一党が蠢《うごめ》いていた様子が思い出された。彼らは木箱や茶道具など他の品々には目もくれず大黒像のみを盗み出そうとした。

木箱の中身に気を留めるゆとりも、必要も感じず、平九郎は五右衛門一党と斬り結んだのだ。

「木箱の中身は大殿の稀覯本でござりますな」

平九郎は念押しをした。

盛清が学問に凝っていた時に収集した、古来よりの日本や唐土《もろこし》の珍しい書物が木箱に詰められ、黄金の大黒像と共に置いてあるそうだ。今では読まれることもないのだが、

「いかにも。積読《つんどく》じゃ」

盛清は悪びれることなく言い放った。

要するに読むことなく、放ってあるだけではないか、と平九郎は思った。書物ばかりではない。御堂の中には、茶道具、算盤、三味線、独楽《こま》……盛清が一時熱を上げた趣味にまつわる品々が埃《ほこり》を被っているのだ。

「ところがな、そこがわしの入念なところでな、木箱のうちには小判を隠しておるのじゃ」

にんまりと盛清はした。

「ほう、そうなのですか。して、いかほどでござりますか」

「千二百三十四両じゃ」

奇妙な金額は盛清が何らかの意図で決めたのだろう。それを二十五両の紙包、すなわち切り餅四十九個と小判九枚を五つの木箱に分けて収納してあるそうだ。切り餅の上には書物を置き、小判は書物の隙間に入れてある。

「その金はな、御家にもしものことがあった場合、領内で飢饉が起きた場合に備え、わしが蓄えた金じゃ。よって、勘定方の帳面には載っておらぬ。知る者はわしと矢代、盛義くらいじゃな」

さすがは盛清である。

大きく傾いていた大内家の財政を建て直しただけのことはある。

平九郎が感心していると、

「よって、あの千二百三十四両のうち、一両でもなくなれば、そなたが盗んだとわかるのだぞ」

意地の悪いことを言い添えるのもいかにも盛清らしい。盛清らしいといえば、続けた言葉がまさしく盛清だった。

「今回、庭造りでな、思いの外《ほか》、費えがかかりそうじゃ。勘定方は出し渋りおって……五百両しか出せぬと申しおった。五百両の範囲内でお願い致します、などと抜かしおった。五百両ではな……。そなたも柿右衛門とのやり取りで聞いたであろう。八百両かかると」

盛清は立ち上がった。

雨で煙る池を眺め、真ん中を指差した。平九郎も池に視線を移した。

「そこにな、小さな島を作る予定であるが、それができぬ」

盛清は舟を浮かべ、池の端からその島にゆくのだとか。

「島には松の木と弁天堂を建立する。不忍池《しのばずのいけ》のようにな」

なるほど、不忍池の弁天堂を念頭に置いたということだ。

「望月《もちづき》の夜、弁天堂の朱、松の緑がえも言われぬ美しい風情じゃぞ……」

盛清の頭の中では弁天島が出来上がっているのだろう。うっとりとなった。平九郎がぽかんとしているのに気づき、

「まったく、風情を解せぬ者とは話ができぬわ」

苦々《にがにが》し気に吐き捨てた。

申し訳ございませぬと平九郎は詫び、

「大黒と弁天は相性がよいのでしょうか」

ふとした疑問を投げかけた。

「よいに決まっておる」

即座に盛清は答えた。

「いかなるわけで……」

平九郎が問うと、

「それはな、仏教に関する学問を積んだ者でないとわからぬ。おまえにいくら話したところで、到底わかるまいよ」

盛清自身もわかっているのか甚《はなは》だ怪しいが平九郎は、

「ごもっともでございます」

と、無難に答えた。

「勘定方の役人ども、銭勘定で頭が一杯じゃ。よって、風流がわからぬ。そのような者どもをあてにはできぬゆえ、上屋敷の御堂に秘匿しておいた金の一部を転用しようと思った次第じゃ」

自慢げに盛清は言ったのだが、あの金はもしもの時に使うのではないのか。盛清の庭造りは御家危急の大事ということなのだろうか。

平九郎が黙っていると、

「山田柿右衛門は大した男よ。ちゃんと、予算の件を持ち出しおった。つまり、わしの考え通りに庭造りを行うには八百両はかかる。大内家にその余裕はありますかとな」

柿右衛門はかつて、大名藩邸の庭造りにおいて大名が望むままに造作をした結果、未払いが起きた苦い経験があるそうだ。

そんなことは繰り返したくはない、泣き寝入りはしたくない、とあらかじめ、予算と支払い方法を明確にする。

「柿右衛門はな、そんじょそこらの武士よりもよほど豪胆な男じゃ。相手が大名であろうと、言うべきことは言い、きっちりと約束を履行《りこう》するのを求める。無礼にも支払えるという根拠を示すよう求めるほどじゃ」

柿右衛門はあらかじめ大内家の台所事情を調べていた。今回の庭造りは、大内家として計画をしたものではなく、あくまで盛清の気まぐれから出た。従って、予算を組んでいるわけではない。予備費から捻出することになるのだが、八百両も余裕があるのか、というと心もとない。

「柿右衛門め、わしの足元を見おった。俄かな庭造りには予備費たる大殿さま勝手掛が使われるのでしょうと、申しおってな、その大殿さま勝手掛に八百両ものゆとりがあるのでしょうか、と責めてまいった」

盛清相手にそこまで踏み込むとは柿右衛門は相当に周到でしたたかである。それもあるだろうが、柿右衛門には狙いがあったのではないか。八百両を捻出できる根拠を探るという名目で黄金の大黒像についての情報を得たかったのではないか。

果たして、

「わしはな、心配には及ばぬ、黄金の大黒像と共に、値の張る茶道具、それに千両に余る軍資金があると教えてやった。すると、柿右衛門め、無礼極まるがその千両に余る金が見たいなどと申しおった」

盛清は腹が立ったが、それ以上に柿右衛門に目に物見せてやろうという気持ちが昂《たか》まったのだそうだ。

「それでじゃ、金は黄金の大黒像が守っておると申してやった。黄金の大黒像と共に上屋敷の御堂にあるとな」

盛清は笑った。

柿右衛門もそれ以上は深入りしてこなかったそうだ。

平九郎は疑念を抱いた。

二

柿右衛門が黄金の大黒像が上屋敷の御堂に安置してあるのを、盛清から聞いたのはわかった。同時に柿右衛門は千両を超す金が御堂にはあると知った。

それなのに、五右衛門一党は木箱には手をつけなかった。目をつける余裕がなかったのかもしれない。というか、金を探す暇がなかったのだろう。小判が木箱に入っているなど、一見しただけではわからないことだ。

いや、そうとは言えないのではないか。

盗人一味だ。千両以上の金があると知れば、探すはずだ。木箱など真っ先に中を確かめるだろう。

それをしなかったということは、狙いは黄金の大黒像だけだったのであろう。

黄金の大黒像は千両の小判などとは比べものにならないほどの値打ちがあるということか。それとも、大黒像に加えて金を盗み出すのは手に余ると思ったのか。

五右衛門一党は十人を超えていた。ならば、大黒像と金を奪い去るに不都合はないはずだ。

またも疑問が生じてきた。

解決したと思ったら、新たな疑問が湧き起こる。

次から次に不明な事が生じる。

「下世話《げせわ》なお話ですが、大殿は黄金の大黒像を上野の骨董市で買い求められたのですな」

「そうじゃ。我楽多《がらくた》同然に置いてあったのをわしが掘り出し物じゃと見抜いたのじゃ」

またも盛清は自慢した。

が、その直後珍しく自分の目利きの力ではないと盛清は謙虚なことを言い出し、

「大黒さまの御導きと申すべきか。わしは、大黒さまの御導きによって、黄金の大黒像を買い求めたのじゃな」

と、前言を撤回したものの、

「ま、それも日頃の信心が産んだものとなれば、わしの行いの良さということになる」

結局、自慢で盛清は話を締めくくった。

何のかんのと理屈をつけているが、結局のところ金の輝きにひかれたのではないか

と平九郎は勘ぐった。すると、勘のいい盛清は平九郎の心中を察したようで、大黒像は埃にまみれたみすぼらしいものだったと付け加えた。

「じゃがな、埃を被っておっても、磨けば光り輝く、ありがたい仏像になるとわしは見通した」

「大殿のご慧眼《けいがん》には感服致します。して、骨董市では、おいくらでしたか」

「五十両であったな」

「五十両ですか」

　という平九郎の返事が気に食わなかったようで、盛清はむっとして、

「わしは下屋敷に持ち帰り、磨いたところ案の定、金色に輝くまことありがたい大黒像となった。骨董の目利きに見せたらな、とても値などつけられないと申しおったが、敢えてつけろと命じた」

　目利きは三百両と値をつけたそうだ。

「更にじゃ、好事家《こうずか》であればもっと高い値でも買いたがるだろうとも申したな」

　盛清は得意げなのだが、平九郎の疑念は拭えなかった。

「三百両だということを柿右衛門にはお話しなさったのですか」

　平九郎の問いかけに盛清はにやっと笑い、

「吹っ掛けてやった。わしとてな、柿右衛門の生意気さには内心で腹が立っておったからな。柿右衛門には五百両だと言ってやったのじゃ」

愉快じゃと盛清は笑った。

すると、千両の方が盗み甲斐がありそうだ。それなのに、柿右衛門と五右衛門一党は黄金の大黒像によほど執心している。

まさかとは思うが、佐川が言うように財宝の秘匿場所を記した絵図が隠されているのだろうか。

ここで盛清は思いついたように、

「黄金の大黒像を拝みにまいるか。おまえも来い」

と、命じた。

小姓が差しかける雨傘に入り、盛清は歩いていった。

平九郎もついていった。

下屋敷の片隅にこしらえられた御堂にやって来た。観音扉を小姓が明けた。雨の中にあっても、台座に鎮座する大黒像の輝きは目に沁《し》みる。

「ありがたいのう」

盛清は目を細めた。

平九郎は両手を合わせた。

「この大黒像はな、大内家に福を呼び込むぞ」

盛清は上機嫌だ。

次いで、

「ぼけっとしていないで、おまえも何か申せ」

平九郎を責める。

「まこと、ありがたいものと存じます」

平九郎が言うと、

「つまらぬ男じゃのう。もっと、気の利いたことは申せぬのか」

いつものように、盛清は辛辣な言葉を浴びせた。

申し訳ございませぬと詫びてから、まずは台座の背後に設けられた抜け道について問いかけた。

「あの穴は、火事になった場合を想定して用意なさったのですね」

「柿右衛門はな、さすがに、様々な大名屋敷の普請に携わっておるだけあって、火事の備えを万全にする術《すべ》を知っておる。ああ、そうじゃ。柿右衛門の屋敷を訪れた際、清正も柿右衛門の話を聞いておったではないか」

「そうでした。して、抜け道は出来上がっておるのですか」

平九郎の問いかけに、

「間もなく出来上がるぞ」

盛清は大黒像を見ながら答えた。

と、やおら平九郎は大黒像を持ち上げた。

「な、何をする、無礼者！」

色をなして盛清は平九郎を叱責した。

「少しの間だけ、ご辛抱ください。大黒像のありがたみ、御利益にあやかりたいのです」

両手で大黒像を抱え、平九郎は頭を下げた。

「よかろう。上屋敷で大黒像を五右衛門一党から守った功により許す。但し、少しの間じゃ。決して、傷つけてはならぬぞ」

念押しをして盛清は許可した。

「大黒さま、わたしにも御利益をくださいませ」

言いながら平九郎は台座の底を指で探った。何もない。持ち上げて目でも確認したが、底板に穴などなかった。

「何をしておるのじゃ」

盛清は気が気ではないようだ。

「いましばらく、お待ちくださりませ」

盛清に声をかけてから今度は上下に振ってみた。木像本体の中に絵図が隠されているとしたら、穴が繰り抜かれているか、隙間があるはずだ。そして、絵図面の動く音が聞こえるだろう。

ところが、まったく音はしなかった。

やはり、財宝の隠し場所が記された絵図面など、絵空事《えそらごと》だったのだ。とすると、柿右衛門が何故黄金の大黒像に執着するのか、益々わからない。謎は深まった。

「馬鹿者、もうよい。やめよ！」

盛清は顔を朱色に染めて喚《わめ》き立てた。

平九郎は元の位置に安置し、深々と頭を下げた。

次いで、盛清に向き直り、

「大殿、柿右衛門は信用できますか」

平九郎は問いかけた。

「なんじゃ」

怒りが収まらないまま、盛清は首を捻る。

「柿右衛門、信用できましょうか」

平九郎は繰り返した。

「そなた、柿右衛門を気に入らぬのか。わしとて、好きではない。ああまであけすけな態度、身の程をわきまえぬ、傍若無人《ぼうじゃくぶじん》な男はな」

「では、何故、大事な庭造りを任せるのですか」

平九郎は首を傾げた。

「出来る男だからに決まっておるではないか。人の好い仕事の出来ない者より、人の悪い仕事が出来る者に任せるのがよい」

機嫌を直した盛清はけたけたと笑った。喜怒哀楽が激しいのも盛清だ。怒ったと思ったらすぐに笑う。

清濁併せ飲む、盛清らしい言葉である。

「ですが、柿右衛門がとんでもない悪党であったのなら、いかがでしょう」

「悪党とは、奴が大名屋敷に博徒を派遣しておるということか」

乾いた口調で盛清は言った。

「それを御存じであったのですか」

平九郎が驚きを示すと、

「知らいでか。わしとてな、手放しで柿右衛門を信用しておるわけではない。藤馬に探らせておる」

どんなもんだと盛清は言った。

平九郎は口を閉ざした。

「どうした。そんな悪党を使うことは、よくないと思っておるのか。じゃがな、今も申したように柿右衛門は、仕事は出来る。むろん、奴の思う通りにはならぬ。つまりじゃ、この屋敷で賭場などは開かせぬぞ」

断固とした物言いで盛清は言った。

尚も平九郎は口を閉ざした。

ひょっとして、盛清は柿右衛門が真砂の五右衛門一党と繋がっているのを知っているのだろうか。そうなると、事は重大だ。

「わしはな、賭場は絶対に開かせぬときつく申し聞かせた」

盛清は言葉に力を込めた。

それからふっと顔を柔らかにして言い添えた。

「柿右衛門め、目をぱちくりとしおったがな。ま、それゆえ、多少の普請金額を余計に取ろうという腹なのかもしれぬが……わしが満足する出来栄えでない限り、全額の支払いはせぬと、釘を刺しておいた。柿右衛門めは、むっとしおったが、渋々でも承知しおった。清正、何を不満そうにしておるのじゃ。柿右衛門が清廉潔白《せいれんけっぱく》な男でないといけないと申すのか」

盛清は笑った。

「そうは思っておりませぬ」

どうやら、盛清は柿右衛門と五右衛門の関係は知らないようだ。

「それくらいの悪党なればこそ、仕事もきっちりとやるのだ」

盛清は言った。

「では、お訊きします」

平九郎は身構えた。

盛清も身構える。

「大殿は、先頃の真砂の五右衛門一党の盗みを御存じですか」

平九郎の問いかけに、

「向島の賭場に押し入ったそうではないか。それはもう残忍無比の鬼畜《きちく》の如き所業であったそうな」

盛清は首を左右に振った。

「その仕業《しわざ》、確かに真砂の五右衛門の仕業ですが、その五右衛門を陰で操っているのは、何者かご存じですか」

平九郎は目を凝らした。

さすがの盛清も目をぱちぱちとしばたたかせ、

「まさか、柿右衛門だと申すか」

と、顔を歪ませた。

「ご明察《めいさつ》の通りです」

平九郎は静かに首を縦に振る。

「まことか……そのようなこと」

盛清は半信半疑のようだ。

「証はございませぬ。ですが、間違いないと思います。向島の賭場を潰したのは、自分の賭場にとって邪魔だったからです」

「なるほどのう」

「ですから、柿右衛門という男、実に危ない男です」

「ならば、庭造りは中止せよと申すか」

盛清は嫌な顔をした。

「いえ、このまま続けさせてください」

平九郎は言った。

「どうしてじゃ」

「庭造りそのものは、確かな仕事をするのでございましょう」

「造らせるだけ造らせるということか。そして、柿右衛門を五右衛門と共に断罪するのじゃな」

盛清はにんまりとした。

「それもありますが、黄金の大黒像です」

平九郎は大黒像を見た。

三

「大黒像がどうした」

盛清は真面目な顔で問いかけてきた。

「柿右衛門は黄金の大黒像に固執《こしつ》しております。それは何故かはわかりませんが、察するに千両以上の値打ちがあるのです。なぜなら、五右衛門一党は千両には目もくれなかったのですから」

平九郎の説明に、

「いかにもその通りかもしれぬな」

珍しく盛清は平九郎の言葉に異を唱えない。

「よって、必ずこの大黒像を奪いにまいります。その時に……」

平九郎が言うと、

「よし、一党を根こそぎお縄にしてやろうではないか」

盛清はいきり立った。

やれやれ、これで盛清が深く関わってくることになりそうだ。

すると、

「山田柿右衛門が参りましたが」

と、家臣が告げに来た。

一瞬、盛清の目がぎろりと光ったが、

「ここへ通せ」

と、命じた。

次いで平九郎を見て、

「柿右衛門め、ちょっと本音を探ってやろうかのう」

と、うれしそうに両手をこすり合わせた。

平九郎も柿右衛門を見定めようと思った。

程なくして柿右衛門がやって来た。黒紋付の上からもわかる立派な体格と愛想のよい笑顔で盛清と平九郎に挨拶をした。

次いで大黒像を見上げ、

「いやあ、まこと、大黒像をこのように御堂内で拝見しますと、尚一層のありがたみがございますな。手前ども、商い繁盛しそうでございますぞ」

大袈裟に言うと柿右衛門は合掌した。

「今日はなんじゃ」

盛清はさりげなく問いかけた。

「今日は雨でございますので、庭の進み具合を確認にまいりました」

柿右衛門は答えた。

「雨の日にか」

　盛清が首を傾げると、

「庭は雨降りでも美しくなければなりませぬからな。いや、雨降りにこそ、映《は》える庭でなければなりませぬ。雨が降りますと、それだけで気鬱《きうつ》になります。その鬱屈した心根を晴らすため、庭で心が和むようにせねばならないのです」

　実にもっともらしいことを柿右衛門は言った。

「そうか、さすがは柿右衛門じゃな。よくぞ、そこまで気が回るものよ」

　盛清の賞賛に平九郎も首を縦に振る。

「まずまずの出来でござります」

「池の弁天島、しかと頼むぞ」

　盛清は念を押した。

「池に弁天島を造作するなど、大殿ならではの発想でいらっしゃいますな」

「金なら払うぞ。心配致すな」

「もちろん、疑ってなどおりません」

　はっきりと柿右衛門は断じた。

「うむ、実はな、わしもほっとしておるのじゃよ」

盛清はにんまりとした。

「いかがなさったのですか」

柿右衛門は目をしばたたいた。

「当家の上屋敷に真砂の五右衛門一党が盗みに入った際、連中はこの大黒像を奪おうとしたのじゃが、その時、実はな、千両以上の金が御堂にあったのじゃ」

盛清が打ち明けると、

「ほう、千両を超える大金が……」

柿右衛門は驚きの表情を浮かべた。

「ところがな、奇妙なことに五右衛門一党は金には目もくれず、大黒像のみを狙ったのじゃ」

「そんなことがあったのですか」

柿右衛門もびっくりした様子である。

ここで平九郎が口を挟《はさ》んだ。

「千両よりも大黒像を狙ったのはどうしてだろうな。五右衛門一党が、それほどにこの大黒像に執心《しゅうしん》したのはどうしてだろう」

柿右衛門は、

「さあ、手前には五右衛門一党の考えなどとんと見当がつきません。五右衛門には千両よりも大黒像が大事だったのでございましょう」

ははは……と乾いた笑いを放った。

盛清も笑いながら言った。

「どうしてじゃろうな。五右衛門は信心深いのであろうかのう。盗人が信心深くていけないことはないがな。親鸞聖人《しんらんしょうにん》は申された。善人なおもちて往生を遂ぐ、いわんや悪人をや、とな」

「そうかもしれませんな。盗人の仏心かもしれませんぞ」

盛清に合わせ柿右衛門は言った。

「ところで、今は二代目五右衛門のようだな」

平九郎は続ける。

「ああ、向島の賭場に押し入ったのは、真砂の五右衛門一党を名乗っておったとか」

「そうだ。それにしても、五右衛門たちは大名屋敷から賭場に狙いを変えたのだろうかな。いや、そなたの考えを聞きたいのだ」

「考えと申しましても、盗人の気持ちはわかりません」

柿右衛門は困惑を示した。

「ならば、教えてくれ。そなただったら、千両とこの大黒像であったら、どちらを選ぶ」

平九郎は問いかけた。

「手前は、それほど信心深くはございませんのでな、迷うことなく千両を選びますな」

けろっと柿右衛門は答えた。

「そうであろうな」

平九郎も自分が盗人ならそうすると返した。

「大殿は大黒像でござりましょう。愛着がおありでしょうからな」

柿右衛門は言った。

「当然じゃな。わしは、この大黒像を見出したのじゃからな。金でどうこうできるものではない」

盛清は誇らしそうだ。

「大殿の思い入れはよくわかりますな。ご自分で見出された掘り出し物でいらっしゃいますよ」

柿右衛門は話の調子を合わせた。

敢えて平九郎は異を唱える。

「そうでしょうか。わたしの目にはそんな大した仏像には見えませぬが」

「これだから、風流を解《かい》さぬ者は相手にしたくはないのじゃ」

盛清は顔をしかめた。

「そうおっしゃいますが、それなら五右衛門一党は風流を解するのでござりますか」

突っかかるような物言いになって平九郎は抗《あらが》った。

「五右衛門一党だってな、この大黒像にそれはありがたみを感じたのだ」

盛清も不機嫌に答える。

「そうでしょうかね。でも、よく五右衛門一党がこの大黒像のことを知ったものですね」

言いながら平九郎は横目で柿右衛門を見た。

すると盛清も首を捻る。

「そうじゃな……妙じゃや。おまえはどう思う、なあ、柿右衛門」

柿右衛門も首を捻りながら、

「さて、どうしてでしょうな」

と、答えなかった。

すると、

「そういえば、おまえは存じておったではないか、庭の普請が進んだら、黄金の大黒像を拝みたいと申したぞ」

ふと思い出したように盛清は言った。

「ああ、そうでしたな」

柿右衛門は目をぱちぱちとさせた。

「何処で知ったのじゃ」

盛清は問いかけた。

「それはもう、大内家の黄金の大黒像といえば、有名ですからな」

動ぜずに柿右衛門は答えた。

平九郎が、

「有名ではないでしょう。なにしろ、無礼なことに、当家でも忘れられていたのですから」

「そうじゃそうじゃ。このありがたい大黒像を上屋敷の者どもは、ぞんざいに扱いおったのじゃ。愚か者どもめが」

盛清は不愉快に顔を歪ませた。

申し訳ございませんと平九郎は頭を下げてから、

「大殿がお怒り召されたように、当家では忘れられておったのだ。そんな大黒像を、そなた、よく存じておったな。さすがは柿右衛門だ。多くの大名屋敷に出入りしておるゆえ、何処かの大名家で耳にしたのか」

平九郎が問いかけると柿右衛門はすかさず首肯した。

が、次の瞬間平九郎はそれを否定するように首を左右に振って、

「いや、それはあるまい。何度も申すように当家でも忘れさっておったのだから。他家が耳にするはずはない。すると、そなた……」

と、まじまじと柿右衛門を見た。

柿右衛門は視線を彷徨《さまよ》わせながら、

「あ、そうそう。骨董屋で聞いたのですよ」

と、早口に言った。

「骨董屋……はて、何処の骨董屋じゃ」

盛清が問いを重ねる。

「何処の骨董屋というわけではなく、骨董屋の間では評判なのですよ。大内家の大殿さまは黄金の大黒像を買い求め、その大黒像は大変に値打ちのある、それはすばらし

い仏像だという評判を耳にしたのです。それで、これは是非とも拝見したいと思った次第でございます」

柿右衛門は神妙に頭を下げた。

「骨董屋でそんなに評判になったとはな。どうじゃ、清正」

盛清は得意げになった。

「さすがは、大殿さまでござりますな。骨董屋も羨む大黒像を見出されるとは」

柿右衛門はすかさず追従《ついしょう》をする。

次いで、

「では、これで失礼致します。いやあ、黄金の大黒像を拝めまして、すっかり眼福《がんぷく》でございました」

満面の笑みを浮かべ、もう一度大黒像に両手を合わせてから、去っていった。

「ふん、食えぬ男よ。口から出まかせで、よくも嘘八百を並べられたものじゃ」

呆れたように盛清は言った。

「あれくらい面《つら》の皮が厚くなければ、盗人一味など束ねられませぬ」

平九郎も妙に感心してしまった。

四

盛清に呼ばれ、大内家隠密藤間源四郎がやって来た。

半纏《はんてん》を着た藤間は植木職人になりきっている。庭鋏《ばさみ》を持つ姿も様《さま》になっていた。

「とんま、柿右衛門を調べよ」

盛清は命じた。

「承知しました。直《ただ》ちに調べますが、一体、どういうことですか」

藤間が確かめるのももっともだ。

盛清は面倒なのだろう、平九郎を促す。平九郎はかいつまんで柿右衛門と真砂の五右衛門一党の繋がりについて語った。藤間は興味深そうに聞いていたが、

「大殿は、何故、柿右衛門が黄金の大黒像に執着するのか突き止めたいのではございませぬか」

藤間の指摘に、

「そうじゃな」

盛清もうなずく。

「ならば、柿右衛門を調べる前に大殿が買い求めた骨董屋に当たるのが先決と思いますが」

藤間の冷静な考えに、

「うむ。わしもそう思っておったところじゃ」

盛清らしい、調子の良さで認めた。平九郎は心配になり、

「大殿、上野の骨董市で買ったのでございますな」

「そうじゃった」

「いずれの骨董屋で購入なさったのか、覚えておられますか」

一々、覚えてはおらんだろうと期待せずに平九郎は尋ねた。市というからには多くの骨董屋が露店を出していたはずだ。

が、意外にも、

「上野《うえの》の道具屋でな、万来屋《ばんらいや》の清六《せいろく》だ」

はっきりと盛清は答えた。

「よく覚えておられましたな」

平九郎が感心すると、

「わしを年寄り扱いするな」

盛清は舌打ちをした。

「ええっ、清六から買ったのですか」

何故か藤間は驚いた。

盛清はむっとした。

「いえ、そのような」

藤間が言い訳をしようとしたところで、盛清は、

「清六という男はな、これが実に頼りない男であったのだ」

盛清は清六をくさしながらも、好感を抱いていたようで、表情は柔らかだ。


昨年の春、盛清は藤間を伴い、お忍びで上野界隈の桜を見物した。盛清はさる旗本、藤間はその従者を騙《かた》った。不忍池の畔で開かれていた骨董市を冷やかそうと盛清が言い、特別に欲する物とてなく、盛清は藤間を従えて市を歩いた。

すると、大きな声で女房に叱責されている男がいた。骨董屋というよりは道具屋である。聞くともなく二人のやり取りが耳に入った。

女房は、清六が道具屋なのに目利きもできないくせに、粋《いき》がって頼まれるままに目利きをし、騙されて紛《まが》い物を掴まされていると怒っていたのだ。

「売れるまで帰ってきたらいけないよ。おまんま、ないからね」

捨て台詞《ぜりふ》を吐いて女房は帰っていった。

盛清は清六がおかしいやら気の毒やら、気になって立ち寄った。

清六はいかにも人の好い男であった。

「これなんかどうです」

などと勧められたのは、岩見重太郎の草鞋《わらじ》とか小野小町《おののこまち》に出した深草少将《ふかくさのしょうしょう》の恋文である。素人目にも、紛い物以外の何物でもなかった。

盛清は洒落《しゃれ》のつもりでそれらを買った。すると、清六は深く感謝をして、とっておきの品があると、

「黄金の大黒像を勧めてくれたのじゃ」

盛清は言った。

しかし、藤間は反対した。

いかにも紛い物に感じられただけではなく、七十両もの大金であったからだ。

その時は盛清も藤間の助言に従って、買わずにおいた。

それが、後日、盛清は上野黒門町《くろもんちょう》にある清六の店の前を偶然通りかかった。盛清はこの巡り合わせを運命と感じ、

「五十両に値切って買ったのじゃ。わしの目は確かであったわ」

盛清はまたしても自分の目利きぶりを誇った。

「それで、清六は何処で大黒像を手に入れたのだと申しておったのですか」

平九郎が確かめると、

「いや、それは……聞かなかったな。じゃが、後日わしの見る目の確かさがわかったのじゃから、その時は出所《でどころ》にはこだわらなかったのじゃ」

言い訳めいたことを盛清は繰り返した。大黒像の出所が気になる。

「では、清六に確かめてきます」

藤間は言った。


その足で藤間は上野黒門町にある清六の店、万来屋にやって来た。広小路の横丁を入ってすぐだ。

「御免ください」

藤間は行商人に扮している。

手拭で頬被りをし、大きな風呂敷包を背負っていた。清六に顔を覚えられているかと危惧したが、幸いにして清六は記憶にないようだった。

藤間は、

「繁盛していますか」

と、世間話のような調子で語りかけた。

「いやあ、よくありませんわ。千客万来を願って店の名前を万来屋としたのですがね」

頭を掻き掻き、清六は言う。

「そう言えば、以前こちらのお店にいたくありがたみのある大黒像がありましたね。ずいぶんと値が張ったんで、驚いたんですよ」

すると、清六は相好《そうごう》を崩し、

「あれね、……ほんと、あれは儲かったね。珍しいことです」

と、目を細めた。

「売れたんですか」

「それがね、女房には散々馬鹿にされたんですよ。こんな物、売れるわけがない、宝の持ち腐れ、なんてね、散々罵倒されたんですがね、女房の野郎、ざまあみろってんだ。売れたんですよ。五十両って大金でね」

喜色満面《きしょくまんめん》で清六は言った。

「そいつは凄いですね。いやあ、ほんと、大したもんだ」

すかさず藤間は賛辞を贈る。

「うちで、あんな高いものが売れたのは、後にも先にもあの大黒像だけですよ」

「いやあ、そりゃ興味深いですね。御主人、目が肥えていらっしゃるんですね。よくぞ、掘り出されました」

「まあ、偶々《たまたま》です」

「何処で見つけられたんですか……あ、いや、行商先でね、土産《みやげ》話をしたいんですよ。薬の行商をやっているんですが、薬というと、越中富山《えっちゅうとやま》の薬売りが有名でしてね、ですから、何か薬以外に興味を引く話を持っていかないと買ってもらえないんですよ。ほんと、売れないと、本町《ほんちょう》の薬種問屋さんから仕入れもさせてもらえなくて……へへへ、どうか人助けと思って、お話し願えませんかね」

藤間は人の好さそうな清六の情に訴えかけた。

清六は何度もうなずき、

「売れない辛さは、あたしはよおくわかっていますからね」

と、藤間に同情を寄せてから話し始めた。

「実はね、大きなお百姓さんから仕入れたんですよ」

「大きなお百姓さんって、いいますと」

藤間は煙管を吸った。

「向島のね、大きなお百姓さんだね。三囲稲荷の裏手にお大名みたいな大きな御屋敷に住んでいらっしゃるんだよ」

という清六の言葉に藤間は胸の鼓動が高鳴った。

「ひょっとして、山田柿右衛門さんじゃないかい」

「そう、その柿右衛門さんだよ」

清六は声をはずませ答えた。次いで、大黒像を手に入れた経緯を語り出した。

それによると、ある日、柿右衛門の使いの者が来て、屋敷の土蔵にある骨董品を買い取ってくれないかと言われたそうだ。

「それで、まあ、出かけていったんですよ」

清六は柿右衛門の家の土蔵にある骨董品を目利きした。

しかし、どれもこれも、一体いくらで買い取ればいいのか、正直わからない。どでかい御屋敷の主人が持っているのだから、安物ではないということしか判断できなかった。加えて、買い取ろうにも軍資金がない。

それで、買い取りを諦めて帰ったのだそうだ。

「そうしましたらね、あくる日ですよ。柿右衛門さんが大八車《だいはちぐるま》に土蔵にあった品々を積んでお見えになったんです」

清六は驚いた。

「我楽多ばかりだから、そんな高値はつけなくてもいいよ、と柿右衛門さんはおっしゃったんですよ」

大八車には黄金の大黒像の他に掛け軸、壺、茶器、水墨画などが積まれてあったそうだ。

「それでも、大金は積めないって、わたしは断ったんです。壺とか茶碗、掛け軸っていいましてもね、本物かどうかもわからないし、無理しようにも金はないし、女房は怖いし……まあ、黄金の大黒像くらいしか、あたしの目には良いと思える品がなかったのも事実なんですがね。で、柿右衛門さんに大黒像はいくらくらいだって訊いたんですよ」

柿右衛門は、五十両は欲しいと言ったそうだ。

「とってもそんな金ありませんって、あたしは断ったんですよ。そうしましたらね、じゃあ、店の物と交換しましょうって」

清六の店に陳列されている品々を柿右衛門は次々と見てまわった。

「それで、あれとあれと、なんて、店にある品々をお選びになりましてね、あたしは何か悪いことをしているような気分になりましたよ。だって、店の物をひっくるめたって五十両なんて値にはなりゃしないんですからね」

清六は頭を掻いた。

人が好いだけに正直者なのだろう。

「それで、どうしなすった」

藤間は興味深そうに尋ねた。

「どうにかこうにかまともそうな品を選んでもらいましてね、大黒像を引き取ったんですよ。五十両にはなっていなかったでしょうが、柿右衛門さんは太っ腹でね、承知してくださったんです」

「そりゃ、随分と見込まれたもんだね」

「ところがですよ、一つ注文をつけられたんですよ」

困惑気味に清六は付け加えた。

「と、おっしゃいますと」

藤間は興味深そうに首を傾げた。

「柿右衛門さんは、大黒像を売るなって、おっしゃったんですよ」

清六は言った。

五

「それ、どういうことですか」

さすがに藤間もいぶかしんだ。

「いや、いずれ買い取りに来るからって、おっしゃいましてね」

「じゃあ、一時的に預けていたという扱いなんですね」

「そのようでしたね」

清六は何だか狐《きつね》に摘《つま》まれたような気持ちになったそうだ。

「でも、骨董市に出しなすったでしょう」

藤間は確かめた。

清六は苦笑を深めて言った。

「それはね、去年、市に出るってことになったんだけど、目玉の品がなかったんですよ。あたしとしちゃあ、一番自信ある品物を大黒像と交換で柿右衛門さんに渡してしまいましたんでね。それで、どうしようって、じゃあ、大黒像を出そうってなったんですよ。で、うちの店じゃ考えられないような七十両なんて値段をつけたんです。うちの店を訪れるお客はですよ、こう言っちゃあ失礼ですがね、七十両なんて買い物をする人なんていませんや。それで、どうせ、買い手がつかないって思って、高《たか》を括《くく》って出品したんですよ」

清六は参ったなあと言い添えた。

清六たち道具屋の露店は武士や大店《おおだな》の商人風の者たちは来なかった。市は、区域が分かれていて、値の張る品物と安物を展示する店の区分は明確であった。

「ですからね、大黒像を見て、値札に驚いてゆく連中が多かったんですよ。それとね、あたしは自慢したかったんです」

清六の表情が引き締まった。

清六は女房や道具屋仲間からひどく馬鹿にされているのだそうだ。紛い物ばかり摑まされ、ちっとも商いができない間抜けだと陰口を叩かれているのだとか。

それもあって、七十両もの値札をつけた大黒像の出品に清六は大いに胸を張ったのだった。

「ですけど、売れてしまったんですね」

藤間が訊くと、

「そうなんですよ。どちらかのお武家さまだったんですがね」

盛清らしい強引さで大黒像を買ってしまった。

それから、半年後、柿右衛門が買い戻しに来た。ところが、売れてしまっていた。

「申し訳ないと謝ったんですがね、何処に売ったのかってしつこく訊かれましてね」

こうなることを予想した清六であったが、不安はなかった。その後、盛清はちょくちょく、清六の店に顔を出したのである。

だから、何処の何というお武家さまなのか知らなくても、大丈夫だという安心感があった。盛清は三日と開けず、顔を出しては気に入った品物を買ってくれたのだった。

「それがですよ。ある日、ぱったりいらっしゃらなくなって」

清六はお武家さまが病にでも罹《かか》ったのか、あるいは亡くなってしまったのではないかと、心配になったのだそうだ。

藤間にはわかる。盛清は骨董品収集に飽きてしまったのだ。そんなことを知らない清六は大黒像の行方がわからないまま時が過ぎていったのだという。

「ほんと、困りましたよ」

よほど困ったのだろう。清六はその時のことを思い出したのか、深刻な顔をした。

「ですがね、つい一月《ひとつき》ほど前ですよ」

不忍池で花見をしていた盛清を清六は見かけたのだった。

「驚きましたよ」

絶対に見失ってはいけないと、清六は盛清を捕まえたのだった。

「そうしたら、びっくりですよ。そのお侍さま、なんと、大内家の大殿さまだったんですからね」

清六は、今更ながらとは思ったが大黒像を売った相手が大内盛清だと柿右衛門に教えたのだそうだ。柿右衛門はわざわざ知らせてくれたことの礼を言い、十両の駄賃をくれたそうだ。

「いやあ、大内の大殿さまとは恐れ入りましたよ。それでね、かかあの奴に自慢してやったんですよ」

清六は屋根瓦を見上げた。

そこには、「大内様御用達《ごようたし》」の文字が記されていた。

清六は本当にうれしそうだ。

「ちゃんと、大殿さまにお許しを頂きましたからね」

清六は言ってから、店の中を見まわし、掛け軸を指差した。

「あれ、大殿さまに書いてもらったんですよ」

と、自慢げに言った。「天下布武《ふぶ》」「乾坤一擲《けんこんいってき》」「四面楚歌《しめんそか》」などという文字が躍っている。みな、盛清が書いたのだとか。

「飾ってあるんですか」

しげしげと藤間は見やった。

「売り物なんですがね」

清六は複雑な顔となった。

「どうしました」

藤間が聞く。

「売れないんですよ」

一枚、十両だとか。

「十両は高いでしょう」

「あたしもそう思うのですがね、大殿さまが承知してくださらなくて。わしの書を安売りするな、と、それはもう強くおっしゃって」

盛清は自分の書なのだから安売りするなと言い張るのだとか。

盛清らしい。

「そりゃ、痛し痒《かゆ》しですね」

おかしくなって藤間は言った。

「まあ、大殿さまは恩人ですんでね」

清六は本当に人が好さそうだ。

第五章　大黒成敗《せいばい》

一

平九郎は下屋敷で藤間源四郎の報告を聞いた。御殿の奥書院、盛清は庭の絵図を拡げ、あれこれと検討を加えている。期待に胸を膨らませ、鼻歌混じりに楽しそうだ。

藤馬の報告を聞き終え、

「そうだったのか、清六は黄金の大黒像を柿右衛門から手に入れたのか。五十両とはな。その五十両は店の品と交換だということじゃが、わしは五十両で買い取ったのじゃから、暴利をむさぼったわけじゃなし、か。正直者じゃな。とかく、骨董屋、道具屋というものは目利きできぬ者には好き勝手な値で売りつける。中には詐欺《さぎ》まがいの性質《たち》の悪い手合いもおるのじゃ。清六は生真面目でよい。さすがは、わしが見込んだだけのことはある」

盛清は清六の人の好さを誉めた挙句、自画自賛をした。

平九郎は藤間に向いた。

「黄金の大黒像は、元々柿右衛門が持っていたのですね。ということは、真砂の五右衛門一党が、何処かの大名屋敷から盗み取った品物なのですかな」

「そこまでは、清六も知らぬことですので、しかとは断定できませぬが、五右衛門一党は先だって賭場を一軒潰しましたがそれは異例のことで、盗みを働くのは大名屋敷ばかり、椿殿の推測で間違いないと存じます」

藤間も賛同した。

「何処の大名家から盗んだものかは置いておくとしまして、柿右衛門は絶対に取り戻したいと考えているのですね。どうして柿右衛門が大黒像に執着するのか、……やはり、この疑問に戻ってしまいます」

平九郎が疑問を投げかけると、

「それだけ御利益があるのじゃ」

盛清は合掌したが、すぐにそれを否定し、

「柿右衛門という男、信心などとは無縁じゃな。ああいう手合いは、ひたすらに現世《げんせ》の利を求めるものじゃ。大黒像に有難味を感じてなどおらぬじゃろう」

と、言い放った。

平九郎が、

「大殿が大黒像を目利きさせたら三百両、好事家ならば五百両までは出すと評価されたのでございますね。柿右衛門は五百両に執着はしないのでしょうか」

「柿右衛門ならば、五百両の大黒像を欲しがるであろうが、奴は分限者《ぶげんしゃ》じゃ。ふんだんに金をもっておる。五百両の大黒像は欲しいには違いないが、大内家にあるものを二度も狙うような労をするとは思えぬな。となると……大黒像の中には、財宝の在処《ありか》を示す絵図でも入っておるのかもな」

冗談とも本気ともつかない口調で盛清は考えを述べ立てた。

「実は佐川さまもそのように考えられ、その考えを受け、先日、わたしは台座などを調べたのです。ですが、絵図が隠されている様子はありませんでした」

平九郎が打ち明けると、一瞬顔をしかめた後、

「いかにも気楽が考えそうなことじゃのう。わしはな、そんな絵空事には乗らぬ」

自分も佐川と同じ考えを抱いたことなど、なかったように盛清は右手をひらひらと振った。

次いで、

「もっと、確かな理由があるはずじゃ。柿右衛門が手にすれば、大きな利が得られるような何かがじゃ」

もっともらしい顔で盛清は言った。

「大殿さまや大内家が所持しておっても、大きな利は得られないということでしょうか」

平九郎の問いかけに、

「そうなのかもしれぬな、わしが持っておっても宝の持ち腐れかもしれぬわ。但し、わしには大黒の徳がもたらされる。目先の銭金なんぞ不要じゃ」

盛清は大黒の御利益が何なのかわからない不満を打ち消すように強がった。

重々しい空気が流れた。

すると、柳田家の御隠居、楽斎の訪問が告げられた。

「おお、楽斎殿か」

笑みを浮かべ、客間にお通しせよと命じた。

平九郎は盛清に従い、御殿の客間で楽斎と面談に及んだ。楽斎の他、柳田家用人浦辺新左衛門と、馬廻り役磯貝隼人介が伴われていた。浦辺と磯貝は羽織、袴、楽斎は宗匠頭巾《そうしょうずきん》を被り、焦げ茶色の小袖と袴に同色の袖なし羽織を重ねる大店の御隠居風の出で立ちだ。

下屋敷ゆえの、非公式で鯱《しゃちほこ》張らない訪問であった。といっても、磯貝と浦辺の表情は緊張を帯びている。

磯貝が切り出した。

「椿殿、先だって、芝の煮売り酒場でわが配下の者と談合に及ばれたこと、拙者は報告を受けておりおります。あの談合の結果を踏まえまして、隠密を使い、如月掃部介の行状を洗いました」

平九郎は目を凝らし、話の続きを促した。

盛清も目を険しくしたが、楽斎が温和さを保っているため、鷹揚に身構え、口出しは慎んだ。

一層、表情を引き締めて磯貝が言った。

「如月はたびたび山田柿右衛門の屋敷を訪れております。周りの者には、自らの博打好きを名目に柿右衛門の賭場で遊んでくると言い訳をしておるそうです。確かに柿右衛門屋敷で開帳されておる賭場に顔を出しておりますが、賭場には長居せず、柿右衛門の住まいを訪れておるのです」

「如月殿は柿右衛門と通じておったのですね」

平九郎の言葉に磯貝は深くうなずき、

「如月ばかりではありませぬ。隠密は牛島庄次郎の姿も柿右衛門屋敷で確認しております」

「やはり牛島殿は、あ、いや、牛島は新たな真砂の五右衛門となったのかもしれませぬな」

平九郎の考えに、

「嘆かわしいことじゃ」

楽斎は顔をしかめた。

浦辺が才槌頭を突き出して、

「大内家上屋敷に駆け込み、御迷惑をおかけした挙句に盗人に身を落とすとは、柳田家の恥でござる」

と、手をついて謝った。

磯貝も平伏する。

次いで、浦辺は重箱を差し出した。黒漆に金泥で柳田家の家紋が描かれ、朝鮮飴が

入っているそうだ。前回は二重底になっていて、下側に小判で五十両入っていたが、

「それと、これは……」

浦辺は言葉を濁してから重箱とは別に紫の袱紗包みを畳に置いた。詫び賃のようだ。無表情で浦辺は袱紗を拡げる。二十五両の紙包、すなわち切り餅が八つ現れた。盛清は素知らぬ顔、横目で二百両を確かめた。

まだ、磯貝は額を畳にこすりつけている。

金額に満足したようで盛清は磯貝に声をかけた。

「まあ、そのくらいに致せ。牛島何某《なにがし》を盗人に転落させたのは、柳田家のせいではない。人は何かに迷った時に道を踏み外すものじゃ。困難に直面し、踏み止《とど》まるか悪の道に流されるかで人の値打ちは決まる。牛島は自らの考えで悪党になったのじゃ」

威厳たっぷりに語った盛清を、

「これは、至言《しげん》ですな」

楽斎が褒めると盛清は得意そうに胸を張った。

「今日はわざわざ、牛島の件を詫びに来られたのですか」

平九郎が問いかけると、楽斎が答えた。

「むろん、それが本来の用向きであるが、一足早く黄金の大黒像を拝みたいと思いま

してな。開帳なさるのは明後日でしたな」

「まずは、家臣どもとこの屋敷界隈の町人どもに見物をさせます」

盛清は相好を崩した。

ここで平九郎が、

「大黒像ですが、山田柿右衛門が持っておったようなのです」

と、盛清が大黒像を手に入れた経緯を語った。

「そうか……柿右衛門め、狸めが」

磯貝は怒りを露わにした。平九郎は続けた。

「それで、柿右衛門は真砂の五右衛門一党を使って大黒像を取り戻そうとしておるのです。つきましては、柿右衛門が何処の大名家から盗み出したのか、五右衛門一党が押し入った大名家に問い合わせようかと、わたしは思うのです」

すかさず盛清は鼻白んで反対した。

「そんな必要はない。問い合わせられた大名家が五右衛門一党に大黒像を盗まれたか、など、喜んで答えられるものではない。それにな、五右衛門一党が盗みに入ったと表沙汰にしている大名家ばかりではないぞ。加えてじゃ、我が下屋敷にて開帳する大黒像は盗品だと評判されてしまう。盗品を有難がり、見物させるなど、わしの名は地に堕《お》ちる」

盛清は同意を求めるように楽斎を見た。

「そうですな。椿よ、問い合わせまですることはなかろう。それと、相国殿、たとえ、柿右衛門が盗み取った代物《しろもの》であろうが、相国殿は正々堂々と天下の通用で手に入れられたのですから、誇ってよいですぞ。堂々と開帳なさり、一人でも多くの者に拝ませればよいのじゃ」

楽斎が理解を示してくれ、

「楽斎殿はよくおわかりじゃ」

満足そうに盛清は笑みを浮かべた。

平九郎も受け入れ、

「失礼ですが、五右衛門一党は柳田家には盗みに入っていないのですね」

「入られておりませぬな」

磯貝が答えた。

それは、馬廻り役として警固に抜かりはないと、言外に滲ませている。少なくとも、大黒像は柳田家のものではなかったようだ。

「相国殿、ここらで大黒像を拝ませてくれぬかのう」

楽斎が申し出た。

「これは、気づきませんで」

盛清は腰を上げた。

二

平九郎が案内に立ち、御堂へと向かった。

途中、盛清自慢の池を通りかかった。

「庭、間もなくですな」

楽斎に語りかけられると、盛清はうなずき、池の畔で立ち止まった。次いで、得意満面で語り出す。

「あの築島に弁天堂を建て、松を植えるつもりです。松の緑、弁天堂の朱が池の面に映えますぞ」

ところが賛辞が返されると期待していたのに、

「ほほう、あの築島にですか」

楽斎はくぐもった声で生返事をした。

「よき、景観となりますぞ」

盛清は声を弾ませたが、

「そうですかな」

楽斎は難色を示すばかりだ。

一瞬にして盛清の顔が強張った。

まずいと平九郎は思ったが、口出しはできない。横目に浦辺と磯貝を窺うと、二人とも関わりを避けるように空を見上げていた。

曇り空に燕《つばめ》が飛んでゆく。

「何か問題がありますかな」

問いかけた盛清の言葉には、険《けん》が含まれていた。楽斎は動ずることなく語り始めた。

「池の周囲の景観を害してしまいますな。弁天堂の朱色と松の緑が池の周辺の花々を圧倒してしまう。池に舞台がしつらえられたようになる、これでは、風情というものが台無しですな」

淡々とそれでいて庭造りの先達であるかのような楽斎であった。

見る見る盛清の顔が引き攣《つ》った。

慌てて平九郎が、

「まだ、弁天堂を建立すると決まったわけではありませぬ」

と、口を挟んだ。

「それなら、やめた方がよいぞ」

楽斎は平九郎に向いた。

「柿右衛門と相談致します。今からいくらでも変更できましょう……」

平九郎は取りつくろった。

すると盛清が、

「やめじゃ」

と、声を荒らげた。

浦辺と磯貝はまずいというような顔になったが、楽斎は満面の笑顔で、

「そうなされ。それが賢明というものですぞ」

「どうせ、柿右衛門にやらせようとしたのだ。あのような悪党とは知らないで任せたわしが馬鹿であった。楽斎殿の推挙《すいきょ》ゆえ間違いないと信じたのじゃがな、中止すればせいせいする」

盛清は皮肉たっぷりに言うと、御殿に戻ろうとした。

「大殿、御堂へ……大黒像へのご案内を……」

　慌てて平九郎が引き留めた。

　すると盛清は不機嫌な顔で、

「気分が悪くなった……清正、おまえが案内致せ」

　と、言い置き、足早に立ち去った。

　気分が悪くなったのではなく、気分を害したのだとは、明白であったが、楽斎一行の手前、

「そうでした。大殿は今朝よりお風邪をめされておられます。では、わたしがご案内致します」

　と、平九郎は案内に立った。

　浦辺と磯貝はばつが悪そうな顔をしたが、楽斎は、

「相国殿、わしの考えを受け入れてくれたようじゃ」

　悪びれもせずに、平九郎についていった。

　御堂の中に入った。

「おお、これか」

　楽斎は黄金の大黒像の前に立った。浦辺と磯貝は脇に控える。

楽斎は合掌してからじっくりと大黒像に見入った。しばし後、浦辺と磯貝を振り返り、

「どうも、期待外れじゃな」

と、言った。

浦辺と磯貝は口ごもっている。平九郎はこの場に盛清がいなくてよかったと心底から思った。もっとも、いくら楽斎だって盛清の前ではそんなことは言わないだろう。いや、池の弁天堂をけなした楽斎だ。遠慮《えんりょ》会釈《えしゃく》なく、ずけずけと言うのかもしれない。盛清は一層不機嫌になり、平九郎は怒りをぶつけられるのだ。

「陳腐《ちんぷ》と申してもよい」

容赦なく楽斎は大黒像を罵倒した。

さすがに、黙ってはいられない。

平九郎は楽斎の前に進み出て問いかけた。

「畏れながら楽斎さま、この像の何処が陳腐なのでしょうか」

楽斎は不快がることもなく答えた。

「金の鍍金を施した陳腐さ。それにな、いかにも造りが雑じゃ」

と、大黒像のこしらえが雑だと言い、

「これは、ろくな仏師が作っておらぬな。腕は並みといったところじゃ。しかも手間暇を惜しんだ、やっつけ仕事じゃ。雑さを胡麻化《ごまか》すため、金で飾り立てた、とんだ紛い物じゃな」

楽斎は親の仇であるかのように、大黒像を罵倒した。

「相国殿、とんだまがい物を掴まされたものじゃな」

楽斎は笑い声を放った。

「楽斎さまの目利きを疑うものではございませぬが、実際、山田柿右衛門はこの大黒像に執着をしておるのです。ですから、きっとそれなりの値打ちがあるのではないでしょうか」

異を唱えるのではなく、平九郎は教えを請うような、うやうやしさで問いかけた。

「柿右衛門が執着しようが、たとえ将軍家が愛《め》でられようが、大して値打ちはないな。金鍍金を勘案し、精々、五十両がいいところじゃ」

冷然と楽斎は言ってのけた。

「そ、そんな」

平九郎は口をあんぐりとさせた。

益々、柿右衛門の狙いがわからなくなった。

「大殿が名のある骨董屋に目利きさせたところ三百両、好事家ならば五百両を出す、と評価されたそうですが」

せめてそれくらいの値打ちがあるのではないかと、平九郎は期待と共に疑問を呈した。

楽斎は穏やかな表情となり、

「おそらく、大黒像買い取りをきっかけに出入りを叶え、相国殿に様々な品を買わせる腹積もりであったのだろう。骨董屋がよくやる手口じゃ。かく申すわしも、その手に乗り、痛い目に遭ったぞ」

と、言い終わり高笑いをした。

「なるほど、これは勉強になります」

平九郎は頭を下げた。

「ま、信心には関係ないゆえ、安置するのは勝手じゃ。じゃがな、相国殿はこれを開帳するのであろう」

「はい……」

「やめた方がいいぞ。相国殿のお名前を汚《けが》す」

楽斎は右手を強く左右に振った。

「はあ……」

「こんなものを拝ませたら、大内家の名にかかわる。のう」

楽斎から賛同を求められ、浦辺と磯貝は困った顔をした。それでも何も答えないわけにはいかないと思ったのか浦辺が、

「ですが、先ほども椿殿が申されましたように、山田柿右衛門が強く求めておるのです。柿右衛門は江戸でも有数の豪農です。その柿右衛門が五右衛門一党を使って、大内屋敷から盗み取ろうとしたのです。ですから、それなりの値打ちがあるものと存じますが」

「柿右衛門も金に目が眩《くら》み、値打ちなどわからないのではないのか」

楽斎は頭から大黒像の価値を認めない。

すかさず平九郎が、

「五右衛門一党が大内家の上屋敷に押し入った際、大黒像が安置されていた御堂の中には千両を超す金があったのです。ところが、五右衛門一党はそれには見向きもしませんでした。この大黒像のみを狙ったのです」

と、言い添えた。平九郎と浦辺のこだわりに、

「そうか……」

楽斎はもう一度大黒像をしげしげと見直した。

それから、

「わからん」

と、首を捻る。

平九郎は楽斎の言葉を待った。

「柿右衛門がそこまで執着するわけがわしにもわからん。そうじゃ、わしは柿右衛門の屋敷にも出向いたが、住まいの客間に置かれた調度品の類《たぐい》はいずれも名品であった。間違いなく値打ちのある品々で、しかも趣味がよかった。それを見れば、柿右衛門が中々の目利きであるのがわかる。その、柿右衛門が……このような悪趣味なきんきらきんの虚飾にまみれた大黒像を取り戻そうとするとはな」

楽斎は困惑するように首を左右に振った。

「いっそ、柿右衛門に訊いてみたらどうですかな」

磯貝が言った。

「それは、どうであろうな」

浦辺が異を唱えた。

「柿右衛門は五右衛門一党と一緒に成敗《せいばい》したいのです。それには、この大黒像を囮《おとり》にしようと思っております」

平九郎は考えを打ち明けた。

「そうですか。その際は、是非とも我らもご助勢させてくだされ」

磯貝が申し出ると、

「いっそ、柿右衛門の屋敷を襲ったらどうじゃ。その方が手っ取り早いだろう。そうじゃ、今晩にでも攻め入ったらよいぞ。先手必勝じゃ」

楽斎は頰を紅潮させた。

意外と血の気が多いようだ。

そうだ、楽斎は二年前、九州の諸大名に先駆けて領内のキリシタンを摘発、処刑したのだ。今は趣味に生きているが、元来は武張った殿さまだったのだろう。自分が行ったキリシタン一掃のように、柿右衛門たちを制し、一気に片付けろと言いたいに違いない。

「まことに、大殿らしい勇猛果敢なるお言葉ではありますが、それはできませぬ。山田柿右衛門は多くの大名家に出入りをする豪農です。その屋敷に真砂の五右衛門一党のように押し入ることはできませぬ。表向き、柿右衛門は江戸で有数の豪農なのですからな。こちらから、屋敷に攻め込むわけにはいきませぬ。そんなことをすれば、御公儀に咎められます」

磯貝が冷静に言上すると、

「やはり、椿殿がお考えのように、大黒像を餌におびきよせるのがよろしゅうございます」

浦辺も賛同した。

腕を組んで思案した後、

「それもそうじゃな」

楽斎は納得してくれた。

磯貝と浦辺はほっとしたような表情となった。楽斎も盛清同様、我《が》を貫く御隠居さまなのだろう。

「さて、帰るか」

楽斎は大黒像を振り返った。

すると、

「うむ……」

何やら、首を傾げる。

「いかがされました」

浦辺が問いかけると、

「ちょっと、黙っておれ」

楽斎は浦辺を遠ざけ、大黒像に近づいた。

改めて見入り、ついには大黒像を両手で持ち上げる。

さては、財宝の所在が記された絵図面が秘匿されていると楽斎も考えたのだろうか、と平九郎は思った。

浦辺と磯貝は黙っている。

何と、楽斎は大黒像を持ち上げ、横に倒した。止めようとする平九郎を目で威嚇し、台座に手を掛け、ついには引き抜いてしまった。

そして晒された足を眺める。

「おお、これは……当家にあった仏像ではないか」

と、楽斎は意外なことを言い出した。

「当家にこのような大黒像はございませんが」

浦辺が異を唱える。

磯貝も、

「柿右衛門が当家から盗み出したと申されますか」

楽斎は二人に向き直った。

「そうではない。これはな、不吉な物ということで、わしが柿右衛門に捨てさせたものなのじゃ」

「不吉なもの……」

平九郎が割り込んだ。

「そうじゃ」

楽斎は平九郎を見返した。

すると浦辺の顔が驚愕に彩《いろど》られた。磯貝は浦辺の只ならぬ様子をいぶかしんだ。

「どういうわれの大黒像なのですか」

平九郎は楽斎の前に立と、教えてくださいと首《こうべ》を垂れた。

「それはな……」

何事もずけずけと言う楽斎が言い淀んでいる。

「お話しくだされ。むろん、決して他言は致しませぬ」

強い口調で平九郎は求めた。

三

平九郎に続き浦辺と磯貝も話してくれるように願い出た。楽斎は逡巡《しゅんじゅん》している。それが事の重大さを物語っているようで、平九郎の胸は緊張に張り詰めた。

すると、楽斎の躊躇《ためら》いを御家の重要機密と感じたのか、浦辺と磯貝は顔を見合わせた。次いで、小さくうなずき合ってから。

「大殿、お話しにならずとも結構でございます」

と、浦辺が言った。

ところが、耳に入らないようで楽斎は大黒像を見ている。

「お話しくださりませ！」

無礼を承知で平九郎は声を大きくした。

浦辺と磯貝は平九郎に批難の目を向けた。

「この大黒像がどのような曰《いわ》く付きなのかは存じません。ですが、曰くを知らないことには、希代《きたい》の悪党山田柿右衛門と真砂の五右衛門を退治できないのです。このまま、奴らをのさばらせては、被害は広がるばかりです」

必死の形相で平九郎は訴えかける。

「ひとまずは、屋敷に帰り、我らでわが大殿と協議の上、必ずや椿殿にお報せ致します」

浦辺は慎重な対応を示した。

そんなことになれば、真実は柳田家に都合のいいように飾り立てられるだろう。今、この場で楽斎の口から真実を語ってもらいたい。

平九郎は楽斎の前に立ち、

「楽斎さま、お話しください。他言無用……。金打《きんちょう》、致します」

平九郎は脇差の柄《つか》を示した。

金打とは、武士同士が約束を守るため、刀の鍔《つば》を打ち合わせることだ。金打に背《そむ》いて他言した者は武士とはみなされない。

「椿殿……」

浦辺は顔をしかめたが、

「よかろう。そこまでの覚悟を示すのが武士じゃ」

楽斎は応じた。

浦辺は不満そうに口を閉ざす。磯貝は表情を和ませ、

「よろしかろう。金打を致しましょうぞ。金打をしたからには、我らは御家を超えた同士です。今後、柿右衛門、真砂の五右衛門一党については、一切の隠し事はなし。そして、楽斎さまが語ったことは冥途《めいど》まで持ってゆく……それでよろしいな」

　と、語調鋭く念を押した。

「承知！」

平九郎は即答した。

表情を引き締め、楽斎は腰から鞘ごと脇差を抜き出した。

平九郎も差し出す。

四人は鍔を打ち合い、金打をした。

鋭い音が、誓いの硬さを伝えた。

「ならば、話そう」

楽斎は重い口を開いた。

平九郎を見て、

「そなた、相国殿とわが下屋敷に参った時、庭の築島に観音堂があるのに気づいたな」

　と、楽斎は問いかけてきた。

平九郎は盛清がその築島にいたく感動したのを思い出した。盛清はそれに刺激され、池に築島を設け、弁天堂を造作することにしたのだ。それを楽斎にけなされ、不快を極めてしまったのである。

「あの観音堂の下には、わが娘が眠っておるのじゃ」

楽斎は悲し気に声を振り絞った。

浦辺と磯貝も唇を嚙み締める。

平九郎は何のことかわからず、黙って次の言葉を待った。若くして冥途へ旅立ったと聞き及んでいる。

老中松林越前守の嫡男との婚礼を控える十日前だった。

「娘、真理はわが末娘、みまかったのは二年前、十八の娘盛りであった」

「病でござりますか」

平九郎が尋ねると、楽斎は弱々しく顔を左右に振って言った。

「わしが斬った……」

驚きの告白であった。

「楽斎さまが」

平九郎はごくりと唾を呑み込んでしまった。

浦辺と磯貝も沈痛な顔になっている。

「家中では、真理姫さまは自害なさったのだという噂が流れました」

磯貝が驚きを示したのに対し、浦辺は知っていたようで硬い表情のまま黙している。

「自害ではない。わしが斬った」

楽斎はもう一度繰り返した。

啞然とする平九郎と磯貝の視線を受け止めながら、

「むろん、理不尽に斬り捨てたわけではない。真理が望んだゆえ、斬った。斬ったわけは……真理が耶蘇《やそ》教を信仰しておったからじゃ」

耶蘇教、すなわちキリスト教、真理は隠れキリシタンであったということか。

「二年前、わが柳田家は領内の隠れキリシタンを摘発した。それにより、柳田家は公儀より、国持格の高直しをされ、長崎警固の役目を担った。まこと、柳田家にとっては、めでたく、尚且つ武勇の誉《ほまれ》であったのじゃ。ところが、真理はひどく動揺し、柳田家の所業を、言葉を極めて批難したのじゃ」

楽斎の顔は悲痛に歪んだ。

真理はキリシタンに入信しており、柳田家によるキリシタン弾圧を深く悲しんだ。

悲しむどころか、藩主であった楽斎、つまり備前守義重を声高に批難、罵倒した。

「真理姫さまが耶蘇教に帰依《きえ》なさったのはいかなるわけですか」

平九郎が問いかけると、

「元は些細な、いや、真理にすればそれを定《さだ》めと受け止めたのかもしれぬがな、名前じゃ」

イエス・キリストの聖母マリアと自分の名、真理が同じ響きだと真理は興味を示したのだった。もちろん、楽斎は聖母マリアなど眼中になく、物事の真理を追い求めてくれとの願いで真理と名付けたのだ。

「真理は利発であった。幼い頃から、書に親しんだ」

「耶蘇教も学んだのですか」

平九郎が訊く。

「耶蘇教を知るきっかけがいつだったのか、今となっては明確にはできぬ。ただ、五年前のことであった」

五年前、領内から何人かの村長が江戸に挨拶にやって来た。彼らは各々の村の産物を献上し、下屋敷では村々の余興が催され、楽斎や柳田家の者たちを喜ばせた。

その際、村長の娘何人かが、真理の侍女に仕えることになった。

「今にして思えば、その侍女どもに影響を受けたのだ」

その侍女らの出身地は隠れキリシタンの里だったのだ。この時代、キリシタンたちは各農村の暮らしに溶け込んでいた。村の行事にも参画し、年貢もきちんと納めている。領主たる大名家や幕府に弓引く行いもない。大人しく暮らし、ただ、キリスト教の教えを信仰していた。こうした村は戦国時代以来、キリシタンが多かった九州、特に肥前肥後、長崎、平戸、島原、天草などに江戸時代になっても信仰を捨てない者が多かったのである。

「賢いが多感な真理は、キリシタンの教えに深く入り込んだ」

楽斎は嘆いた。

「畏れながら、楽斎さまはそのことにお気づきにならなかったのですか」

引き続き、平九郎は問いかけた。

浦辺の顔は深い悲しみに彩られている。磯貝は忸怩《じくじ》たる様子だ。

「わしとしたことが、不覚にも気づかなかったのじゃ。キリシタンどもが信仰する仏像を、真理は熱心に拝んでいた。観音像であった。領内のキリシタン弾圧で知ったのじゃが、キリシタンどもは観音像をマリア像に見立て、信仰しておった」

聖母マリアは幼子を抱く姿が西洋では像にされているのだとか。

「真理はキリシタンであった侍女に教えられ、観音像をマリアに見立て、熱心に拝んでおったのじゃ。わしは、信心深さに感じ入っておった。真理のため、よき嫁ぎ先を探した」

その結果、老中松林越前守重貞の嫡男重成への婚礼が決まった。

しかし、真理はキリシタン弾圧を非難、縁談を受けようとはしなかった。

楽斎は必死で宥めた。しかし、婚礼は断固として拒絶された。真理は破談を望み、それを許さない楽斎と激しく対立した。

「その結果、真理は断って欲しいと願った。耶蘇教の教えでは、自害は禁じられておるそうじゃ。細川《ほそかわ》ガラシャに倣《なら》い、わしに斬って欲しいと懇願したのじゃ」

細川忠興《ただおき》の妻、珠《たま》はキリスト教を深く信仰していた。関ヶ原の戦いの前夜、石田三《いしだみつ》成《なり》率いる西軍の人質になるのを恐れ、自害をしようとしたが、キリスト教で禁じられているため、それができず、家臣に鑓《やり》で突かせ、落命した。

その故事に倣い、真理は楽斎に死を求めたのである。

「わしは、それが父として、してやれるただ一つの娘孝行だと真理の願いを受け入れた」

楽斎は心を鬼にして、真理を斬ったのだそうだ。真理の亡骸《なきがら》を築島に葬り、その上に観音堂を建てた。死に臨んで、真理は十字を切って安らかな顔だった。それが、せめてもの慰めだったと、楽斎は目に涙を滲ませた。

浦辺はもらい泣き、磯貝は唇を嚙んだ。平九郎も声をかけられず、御堂内は重苦しい空気に覆われた。

時が過ぎ、楽斎は気を落ち着かせて言った。

「さすがに、観音堂には正真正銘、嘘偽りない観音像を安置しておる。真理を葬るに当たり、真理が一日も欠かさず拝んでおった観音像を捨てるに偲《しの》びず、観音堂の下に真理と共に埋葬したのだ。それを……」

庭の造作をしていた、柿右衛門が手に入れたのだろうと、楽斎は推測した。

「柿右衛門はそれが〝聖母マリア像〟であると知っておったのでしょうか」

平九郎の問いかけに、

「わかっておったから、このように上から、みっともない偽装をしたのじゃ」

楽斎は大黒像を持ち上げ、台座から抜き取られた大黒像の足を三人に見せた。足には十字架が書かれていた。

四

「柿右衛門が〝耶蘇教にまつわる大黒像〟を取り戻そうというのは、どうしてなのでしょう。まさか、柿右衛門も耶蘇教を信仰しておるのでしょうか」

平九郎が疑問を投げかけると、

「まさか、柿右衛門が耶蘇教など……あ奴は耶蘇教に限らず信心とは無縁でござる」

磯貝はざっくりと否定した。

「すると、たとえば、柳田家を脅すつもりでしょうか」

続く平九郎の問いかけに、

「柿右衛門なら、それくらいのことはするでしょうが、それなら、自分が手に入れた時に脅してきたでしょうし、今更、これを柳田家の真理姫さまが信仰していたなどと言い立てたとしても、当家がしらばくれれば、それまででござる」

磯貝の言う通りだろうと平九郎は楽斎に判断を求めた。

「ひょっとして、柿右衛門はキリシタンを通じての交易を目論《もくろ》んでおるのかもしれぬ。領内のキリシタンを摘発に動いたきっかけは有明《ありあけ》の海で難破した阿蘭陀船で密入国を企てた宣教師どもが見つかったことじゃ。奴らは、戦国の世さながら、交易の利を餌に九州で耶蘇教を広めようとした。奴らがこの〝マリア像〟を求めておるのかもしれぬ。柿右衛門はキリシタンとの交易を企んでおるのかもしれぬな」

楽斎は推論した。

平九郎は楽斎の考えを受け入れた。

「ともかく、これで、柿右衛門の狙いはわかりました。あ奴らがこちらに攻め入るに際して、一網打尽《いちもうだじん》に致しましょう」

「罠をかけますか」

浦辺が言った。

「いかなる罠でございますか」

平九郎が問い直す。

「如月を通じて、この大黒像について噂を流してやりますぞ」

磯貝はほくそ笑んだ。

「それは、お任せ致す」

平九郎は言った。

その日の夕刻、磯貝隼人介は柳田家下屋敷の書院で如月掃部介と語らった。楽斎も同席をし、大内家下屋敷を訪れた経緯を語り始めた。

「まったく、大内家の下屋敷の大黒像といったら悪趣味の極みであったわ」

楽斎は大黒像をなじった。

如月はおやっとなり、

「そんなにも悪趣味でござりますか」

これには磯貝が答えた。

「大殿はその醜悪な大黒像にすっかり気分を害された。それを御覧になられた大内家の相国殿も不愉快に思われ、わが大殿との間でいさかいが生じた。わしと浦辺殿、それに大内家留守居の椿殿はお二人の争いに肝《きも》を冷やしたぞ。それで、相国殿は大黒像を明日にも骨董屋に買い取らせるそうだ」

すると楽斎が、

「そうじゃったな。どうも、相国殿は、気が短くていかん。すぐにかっとなさって、こんなものいらぬ、などと語気を荒らげられた。子供のようなお方じゃ」

楽斎は吹き出した。

「では、大黒像の御開帳はどうなるのですか」

如月は声を上ずらせた。

「どうした、如月、そんなに慌てて」

磯貝が指摘すると、

「あ、いえ、その、ぶしつけながら、拙者も大内家下屋敷の大黒像の御開帳を楽しみにしておったのです」

「それは残念だな」

如月は笑った。

「ですが、大内家では、門を開け、華々しく見物人を入れて見物をさせると聞きましたが、それはどうなるのですか」

如月は納得がいかないようだ。

「そこが、相国殿だ。そんなことはなかったかのように、見物は中止となさるであろう」

磯貝は言った。

「それは残念ですな」

如月は唇を歪めた。

「相国殿、実に悔しがっておられたぞ」

楽斎は笑いが止まらない様子だ。

如月は柿右衛門の屋敷にやって来た。

柿右衛門の住まいの奥座敷に入る。柿右衛門と牛島が待っていた。

「どうされた。如月殿、そのように泡を食っておられて……」

牛島が言うと、

「大変なことになった。大内家の御隠居、大黒像を明日にも骨董屋に引き取らせるそうだ」

如月は磯貝と楽斎から聞いた、大内家下屋敷での騒動を報告した。

「なんだと……」

牛島は驚き、柿右衛門も、

「そんな馬鹿な……御隠居はあの大黒像をそれはもう、自慢しておったのですぞ。あの金鍍金の不出来な木像をひたすらにありがたがり、その様は滑稽ですらあったんだ」

と、言い立てた。

「それが、楽斎さまが余計なことを申されたようですぞ」

如月は楽斎と磯貝から聞いた楽斎の大内家下屋敷訪問の際のやり取りをさらに詳しく話した。

「楽斎さまはずけずけと申される。大内家の御隠居も相当に負けん気が強い。それで、言い争いになった。楽斎さまは大黒像を散々にけなされたそうだ」

如月は悔しそうに言った。

「まったく、楽斎さまは厄介なお方じゃな。これは困ったぞ。せっかく、手に入れるところまでやってきたのに」

柿右衛門は唇をわなわなと震わせた。

すると、牛島が立ち上がった。

「何も気を落とすことはない。今夜やればよいのだ」

牛島は強気に出た。

「そうだ」

如月が応じる。

柿右衛門も、

「今夜ですか」

と、決意を示すように何度もうなずいた。

「柿右衛門、今夜、大黒像を、いや〝聖母マリア像〟を手に入れたなら、どうなる」

牛島の問いかけに、

「ただちに抜け荷を開始できるようにしますよ。二年前、有明の海で遭難した耶蘇教の宣教師の仲間が、阿蘭陀国の支配するバタビアにおりますからな。あのマリア像は、奴らには大事な物だったそうです。難破する以前、柳田家領内のキリシタンに観音像に偽して預け、大事に信仰させたもの。幸い、柳田家のキリシタン摘発以前に江戸に持ち込み、楽斎さまの真理姫さまに贈り、難を逃れたのです。そのマリア像が戻れば、バタビアとの抜け荷の門戸が開かれますぞ」

肩を揺すり柿右衛門は言い立てた。

五

その日の夜、御堂に平九郎と秋月が詰めた。佐川も加わっている。佐川は棹《さお》を持参し、脇に置いた。

「平さん、今晩、真砂の五右衛門がこの大黒像を盗みに来ると、どうしてわかったんだ」

佐川は疑問を投げかけた。

金打をしたのだ。佐川相手であろうと、決して口には出せない。

「その……勘ですよ」

平九郎は言った。

「なるほど、勘か。こいつはいいや。平さんの勘なら、当たるだろうぜ」

佐川はそれですましてくれたが秋月は不審感が拭えないようで、

「失礼ですが、空振りということも考えられるじゃありませんか」

いかにも不満そうに言った。

「ま、いいではないか。ここは、平さんの勘に従おうじゃないか」

佐川は宥めた。

「ですが……」

納得できず不満げな秋月に、

「明日、御披露目をするだろう」

平九郎は言った。

「ああ、ごく限られた者たちに向けてですね」

「だから、その前に五右衛門一党はやって来るのではないかと、思ったのだ」

「これは、案外、いいところをついているかもしれないぞ」

佐川は賛同してくれた。

「なるほど、それは一理あるかもしれませんね」

ようやくのことで秋月は受け入れてくれた。

二人には伝えていないが、抜け道の外には磯貝たちが待機しているのだ。庭には家中の者が待機している。

行灯《あんどん》に照らされた大黒像は鈍い金の輝きを放っていた。楽斎に罵倒された後だけに、妙に安っぽく見えてしまう。

「相国殿は、いかがされておる」

佐川が問いかけた。

「お休みと存じます」

平九郎が答えると、

「相国殿は、存じておるのか」

「いえ、お耳には入れておりません」

平九郎が答えると、

「その方がよい。相国殿が知れば、なんだかんだとご自分が陣頭指揮を執られるに決まっておる。その結果、おおいに混乱をするのは免れぬからな」

佐川は声を上げて笑った。

秋月もうなずいている。

「しかし、この大黒像、柿右衛門が狙うわけがわからん」

佐川には話してやりたいが、それは武士道に反するのだ。

森閑とした闇の中に沈む下屋敷は嵐の前の静けさであるかのようだ。

「手がうなるな」

佐川は言った。

秋月も落ち着かない様子であった。


牛島は石川五右衛門の扮装をし、配下の者を従えて大内家下屋敷の裏門近くにとやって来た。如月掃部介以下、黒装束に身を固めた配下が今や遅しと待ち構えている。

柿右衛門が、

「抜かりなく頼みますぞ。大願成就《たいがんじょうじゅ》の時ですからな」

と、励ましの声をかけた。

「任せておけ」

牛島は自信たっぷりに胸を叩いた。

夜九つを迎えた。

平九郎と佐川、秋月は御堂内の隅に身を寄せた。大黒像の裏側、燭台の灯りが届かない闇に溶け込む。

抜け道へ繋がる戸がゆっくりと持ち上がった。

薄闇に錦絵で見る、石川五右衛門が現れた。

牛島庄次郎に違いない。

石川五右衛門に扮した牛島は抜け穴から這い上がって来た。黒装束の者たちが続く。

ぞろぞろと現れた五右衛門一党は大黒像を囲んだ。

一方、磯貝隼人介率いる柳田家馬廻り方の面々は大内家下屋敷裏門に集結した。大瀬や中村をはじめ、みな、額に鉢金《はちがね》を施し、襷掛け、裁着《たっつ》け袴という戦闘体勢である。

夜陰に蠢く者たちがいる。いずれも黒装束の盗人どもだ。真砂の五右衛門一党に違いない。

「如月……如月掃部介はおるか」

一党に向かって磯貝が声をかけた。

彼らに動揺が走った。

「盗人に身を落とした如月掃部介はおらぬかと訊いておるのだ。おっても、恥ずかしくて名乗り出られぬか」

挑発するように磯貝は嘲笑を放った。

闇の中、一人がすっと立ち上がった。

黒覆面から覗く双眸《そうぼう》は暗く淀んでいる。

覆面を取り去り、

「磯貝、えらそうにしおって。丁度いい。おまえら気に食わない者ども、始末をつけてやる」

磯貝は抜刀した。

仲間も刀を抜く。

「盗人どもに後れを取るな！　柳田家馬廻り役の意地を見せよ！」

磯貝は馬廻り役を叱咤し、先陣を切って敵に向かった。

大瀬と中村が続く。

敵味方入り乱れての斬撃が繰り広げられた。数に勝る五右衛門一党であるが、武士は少なく、本職の盗人ややくざ者が多い。彼らは磯貝たち、鍛え抜かれた剣に恐れをなし、及び腰となった。

「雑魚《ざこ》は任せる」

磯貝は配下に命じると如月に斬りかかった。

如月は気色《けしき》ばみ、大刀の切っ先を磯貝に向け、突っ込んできた。

「てやあ！」

凄まじい気合いで磯貝は如月の刃を叩き落とした。

「ま、参った……参りました」

如月は地べたに両手をついた。

「惨めな男め。おまえは、柳田家馬廻り方、いや、武士の恥だ」

磯貝は大刀の切っ先を如月の鼻先につきつけた。

観念したように如月は黒小袖の懐を拡げ、脇差しを抜く。

脇差を腹に立てると思いきや、

「馬鹿め！」

不意に立ち上がって磯貝に斬りかかった。

が、磯貝は落ち着いて、一歩下がり、袈裟懸けに斬り下ろした。

血飛沫を上げながら如月は地べたに倒れた。

「卑怯者の手口、お見通しぞ」

磯貝は不快に顔を歪めた。

五右衛門一党は、斬られるか、許しを請うて土下座をし、鎮圧された。


御堂内では、大黒像を囲んだ牛島たちに向かって、

「待っておったぞ」

平九郎が声をかけた。

その時、抜け穴から柿右衛門がぬっと姿を現した。平九郎と佐川、秋月に気づき、

「これは、お出迎え御苦労さまです」

柿右衛門らしい人を食った高慢さで語りかけてきた。

「その減らず口も今夜が最後だ」

平九郎は抜刀した。

牛島たちは平九郎を誘うように大黒像の前に移った。柿右衛門も続いたが、争いから逃れるように御堂内の隅に身を潜めた。

「秋月殿、柿右衛門を逃すな」

平九郎に言われ、秋月は柿右衛門の前に立ちはだかった。それでも柿右衛門は余裕の笑みを浮かべている。

平九郎は牛島と対峙《たいじ》した。

「行くぜ！」

佐川は棹を振り回し、五右衛門一党を殴りつけてゆく。悲鳴と頬骨や鼻が折れる鈍い音が響き渡る。

平九郎は大刀を下段に構え、柔らかな笑みを浮かべた。

すると、

「横手神道流、必殺剣朧月か」

牛島は言い放った。

嵐の夜、上屋敷に押し入った五右衛門一党相手に平九郎が使ったのを牛島は見ていたようだ。

平九郎は返事をせず、微笑み続けた。

「その手には乗らぬ！」

牛島は両目を閉じた。

平九郎はたじろぐ。

両目を瞑りながら、牛島は太刀を振り翳《かざ》して斬り込んで来た。

平九郎の顔から笑みが消える。

と、次の瞬間、牛島はかっと両目を見開き、太刀をめったやたらと振り回した。

「死ねえ！」

野獣の咆哮を上げ、牛島は平九郎に斬撃を浴びせる。双眸が獣の光を帯び、牛島は暴れる。平九郎が避けると、勢い余って扉にぶつかった。

腹立ち紛《まぎ》れに牛島は太刀で扉を切り裂いた。

夜風が吹き込み、燭台の灯りが揺れる。

平九郎は大刀を床に突き立て、切られた板戸を持ち上げると、牛島に向かった。

牛島は板戸に弾き飛ばされる。

平九郎は板戸に立った。

が、牛島は横になりながら板戸を跳ね飛ばした。その拍子に平九郎は宙を舞った。

床に落ちる寸前に立てておいた大刀を摑み、牛島に投げつけた。

大刀は牛島の咽喉を貫いた。

牛島は一歩、二歩、よろよろと前に歩いたが、ばったりと倒れ伏した。

柿右衛門が飛び出した。

「おっと、逃がさねえよ」

すかさず佐川が棹を柿右衛門に突き出した。棹の先が柿右衛門の分厚い胸板を直撃する。

柿右衛門の身体は後方に吹っ飛び、黄金の大黒像にぶち当たった。

「佐川さま、お見事」

平九郎が称賛の言葉を贈ると、

「これでもな、宝蔵院《ほうぞういん》流槍術、免許皆伝だぞ」

得意げに佐川は棹をしごいた。

苦悶の表情を浮かべる柿右衛門の横に大黒像は転がった。鍍金の大黒像がぱっくりと割れ、観音像が現れた。

その顔は慈愛に溢れていたが、彫りの深い西洋の女性のようだった。


騒動が落着し、平九郎は下屋敷を訪れた。

卯月《うづき》半ば、梅雨の時節とあって、朝から雨がそぼ降っている。

奥の書院で盛清は水墨画を描いていた。雪見障子から覗く枯山水の中庭を描いていた。もちろん、目下《もっか》、盛清は絵画に熱中している。

黄金の大黒像騒ぎと柳田楽斎に築島をけなされたのをきっかけに、庭造りに興味を失くした。庭造りは中途のまま投げ出され、盛清が大黒像と共に目玉になると誇っていた築島も手つかずのままだ。

弁天堂の朱と松の緑が映えると盛清が自慢していた築島には雑草が生えている。

ただ幸いなことに、柿右衛門へ支払う予定だった八百両はそっくり残っている。このうち、勘定方が設けている「大殿さま勝手掛」として計上してある五百両を庭の整備と盛清の趣味に充《あ》てる予定だ。

「清正、おまえは絵心がないであろうから、水墨画の素晴らしさなどわからぬであろうな」

平九郎をくさしながらも盛清は機嫌がいい。

絵描きならば、部屋に籠り大人しくしてくださるだろうとは、家中で流れる評判である。盛清に画才があるのかどうかは不明だが、楽しそうに絵筆を動かしているのを見ていると、平九郎も心が和んだ。

このまま、水墨画に没頭してくれたら、御家は安寧だろうと、平九郎は期待した。が、それでは盛清ではない。

家臣の身で、大人しい大殿は物足りない、などと思っては無礼千万だろう。

それでも、盛清には破天荒であって欲しい。

温和な相国殿は大殿にあらず、だ。

平九郎は書院を出ると濡れ縁に立った。雨で煙る未完成の庭は、盛清の夢の跡だ。篠《しの》つく雨が、非業のうちに命を絶った真理の無念と無残に滅んだ山田柿右衛門と真砂の五右衛門一党の強欲を流し去っているようだ。

時代小説

二見時代小説文庫

成敗《せいばい》！黄金《きん》の大黒《だいこく》　椿平九郎《つばきへいくろう》 留守居秘録《るすいひろく》2

二〇二一年　五　月二十五日　初版発行

著者　早見《はやみ》　俊《しゅん》

発行所　株式会社　二見書房
〒一〇一-八四〇五
東京都千代田区神田三崎町二-一八-一一
電話　〇三-三五一五-二三一一［営業］
〇三-三五一五-二三一三［編集］
振替　〇〇一七〇-四-二六三九

印刷　株式会社　堀内印刷所
製本　株式会社　村上製本所

ISBN978-4-576-21059-9
https://www.futami.co.jp/

早見俊

居眠り同心 影御用

シリーズ

完結

閑職に飛ばされた凄腕の元筆頭同心「居眠り番」蔵間源之助に舞い降りる影御用とは…!?

① 居眠り同心 影御用 源之助人助け帖
② 朝顔の姫
③ 与力の娘
④ 犬侍の嫁
⑤ 草笛が啼《な》く
⑥ 同心の妹
⑦ 殿さまの貌《かお》
⑧ 信念の人
⑨ 惑いの剣
⑩ 青《せい》嵐《らん》を斬る
⑪ 風神狩り
⑫ 嵐の予兆
⑬ 七福神斬り
⑭ 名門斬り
⑮ 闇の狐狩り

⑯ 悪《あく》手《しゅ》斬り
⑰ 無法許さじ
⑱ 十万石を蹴る
⑲ 闇への誘い
⑳ 流麗の刺客
㉑ 虚構斬り
㉒ 春風の軍師
㉓ 炎《えん》剣《けん》が奔《はし》る
㉔ 野望の埋火《うずみび》（上）
㉕ 野望の埋火（下）
㉖ 幻の赦免船
㉗ 双面の旗本
㉘ 逢魔の天狗
㉙ 正邪の武士道
㉚ 恩讐の香炉

二見時代小説文庫